U0449247

雨果旅行画记

Récits et dessins de voyage

[法] 雨果 著 陆泉枝 译

上海译文出版社

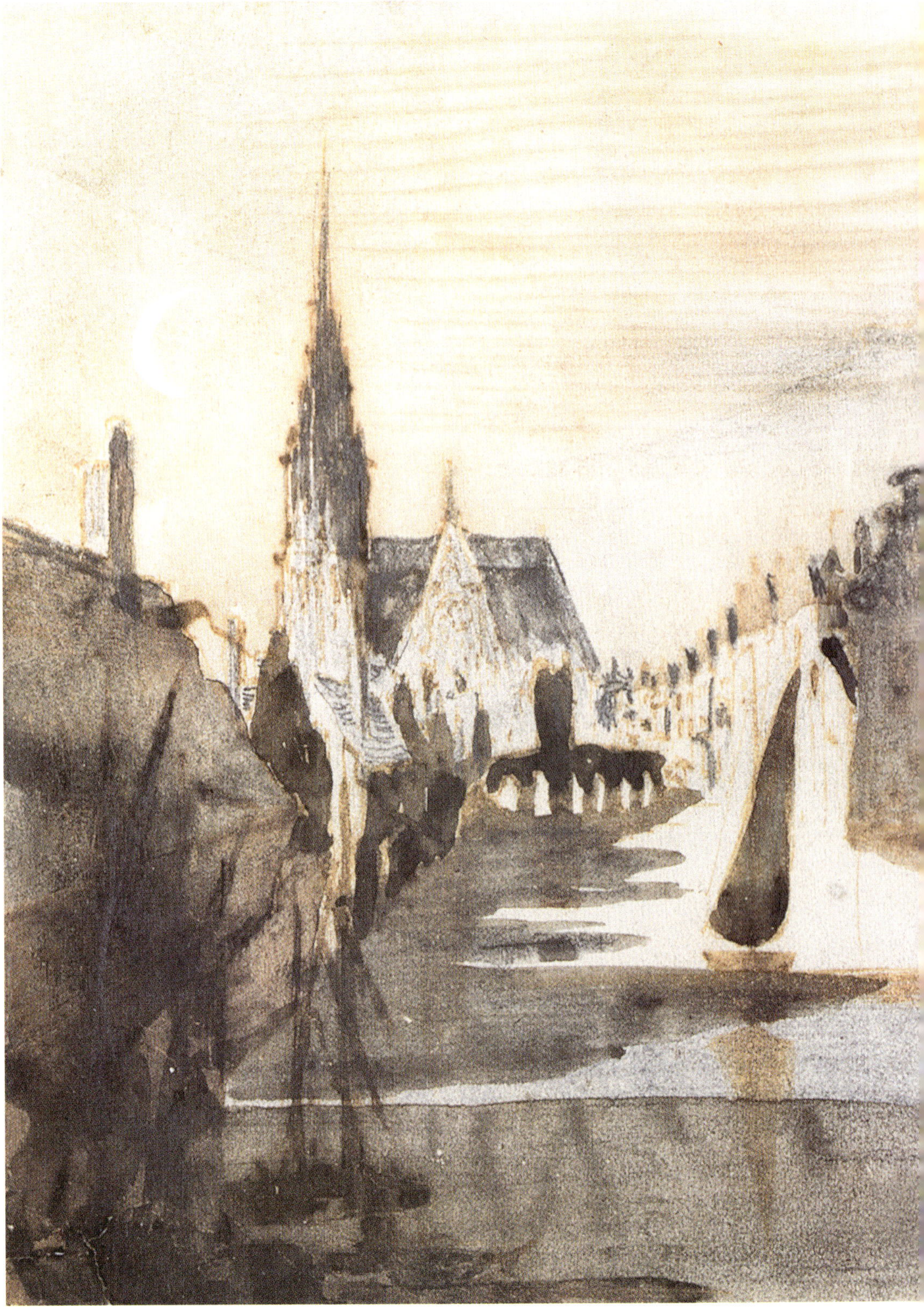

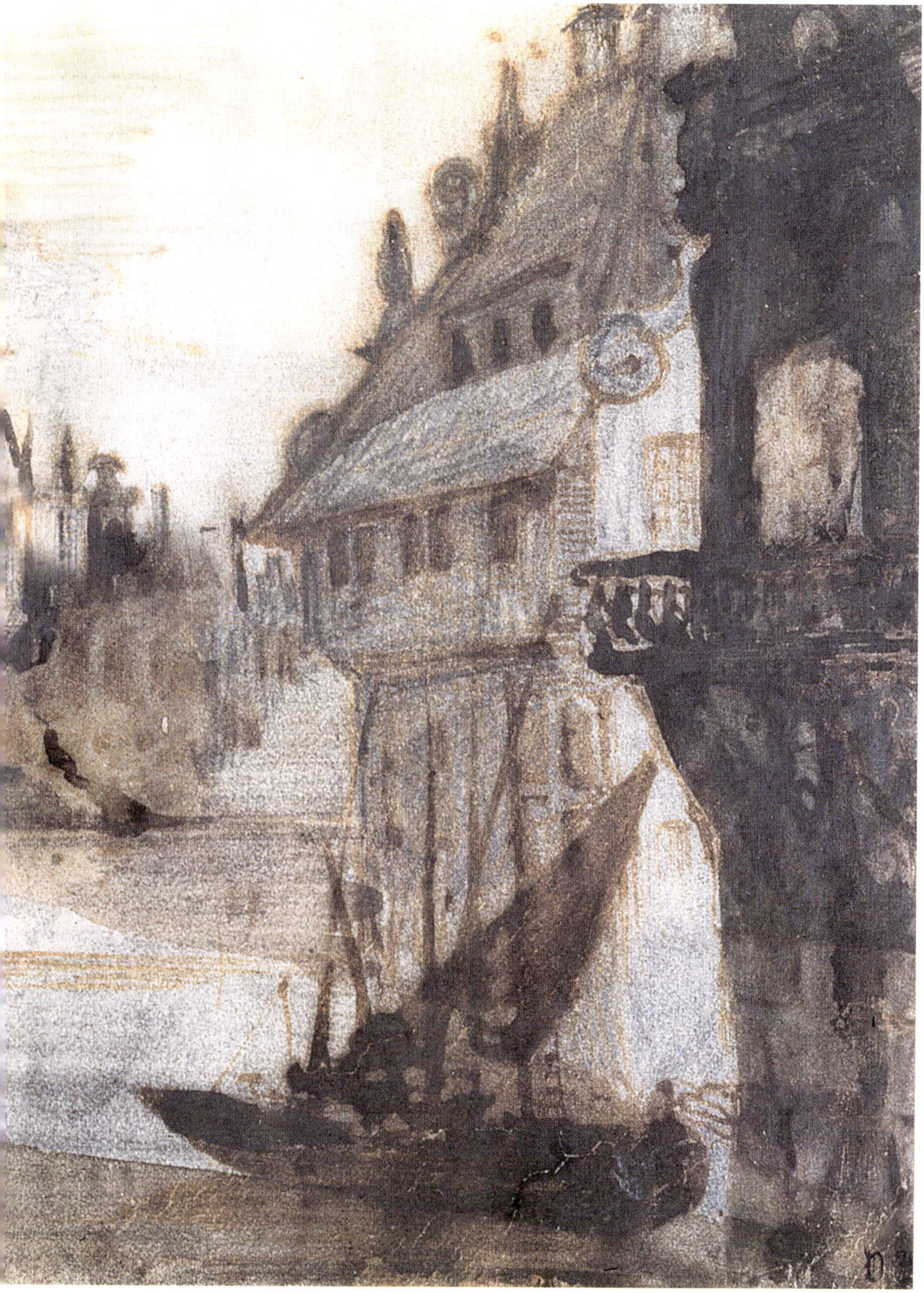

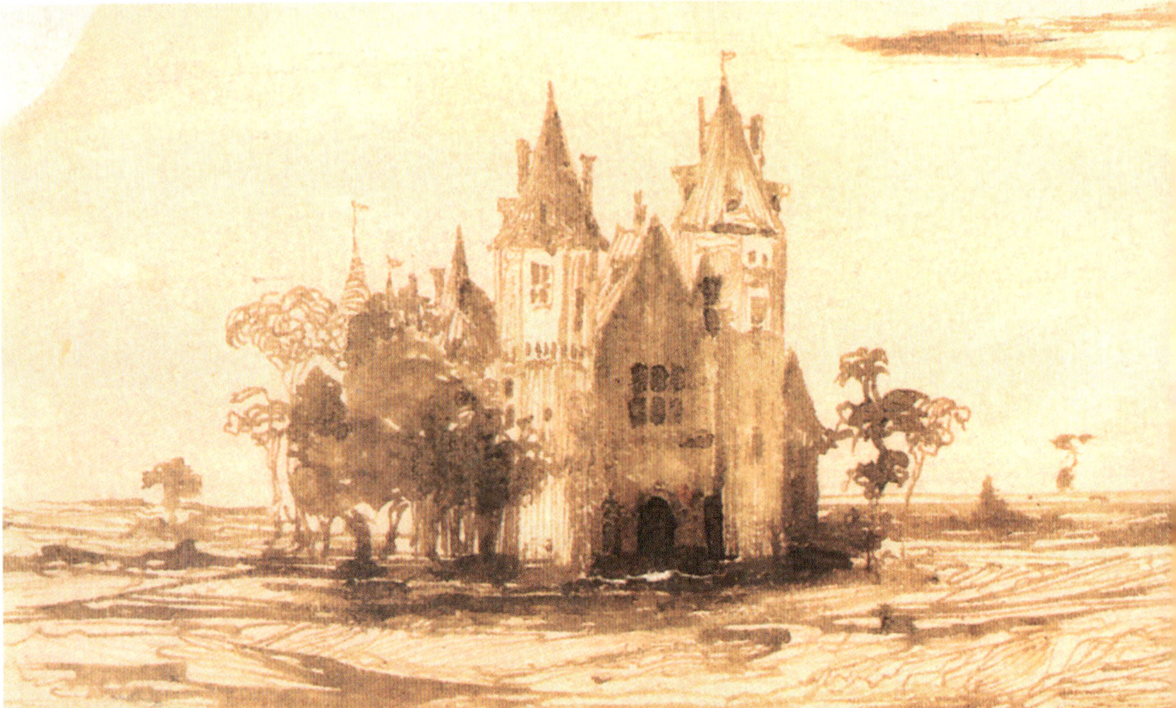

目 录

001 / **译序**：一本画记带你游览欧洲山水风光

011 / **引言**：维克多·雨果的绘画

021 / **I.** 诺曼底、布列塔尼、庇卡底

053 / **II.** 比利时

075 / **III.** 法国中部、香槟、阿登与洛林

091 / **IV.** 法国西南、比利牛斯山与西班牙

117 / **V.** 莱茵河

143 / **VI.** 泽西岛

151 / **VII.** 根西岛

163 / **VIII.** 瑞士

167 / **IX.** 卢森堡

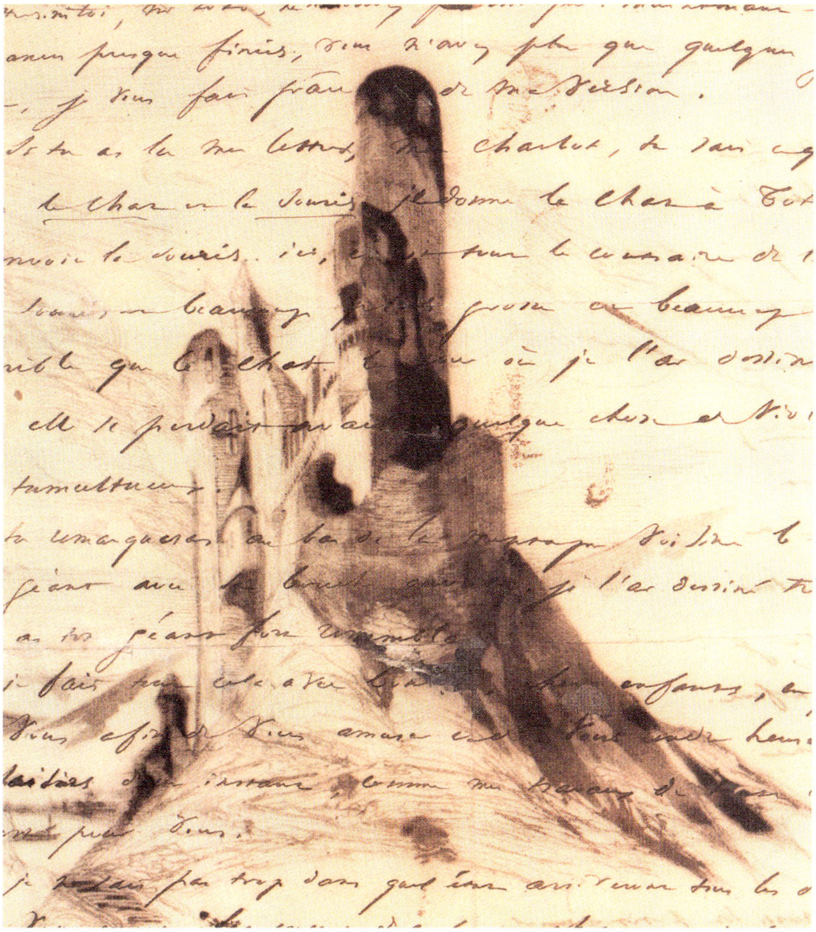

译序：一本画记带你游览欧洲山水风光

对于法国作家维克多·雨果（1802–1885），可谓无人不知。作为世界文坛的一座奇峰，他创作的《巴黎圣母院》（1831）不仅是浪漫主义的巅峰之作，而且赋予中世纪建筑艺术研究一股全新的活力；他在流亡期间完成的史诗小说《悲惨世界》（1862），更是承前启后，通过对比原则实现了浪漫主义与现实主义的完美结合。无独有偶，这两本小说还于 2000 年同时入选《纽约时报》世界十大名著之列。1885 年 5 月 22 日，雨果与世长辞，法国政府并未多虑，便决定将他的遗体安葬在先贤祠之内，近两百万巴黎民众自发为伟人送殡，亦如高堂正门三角楣上镌刻的那句"祖国感谢伟人"[1]所言。然而，雨果在世期间，甚至时至今日，却很少有人知道他文学领域之外的绝世才华。

今年九月，笔者受上海译文出版社之邀，有幸翻译《雨果旅行画记》。在此之前，我眼中的雨果是一位蜚声世界的文豪；随着翻译工作推进，我逐渐认识到，正如中国古代的诗人，他同样是书画兼备的天才。或许，艺术的诸多门类，都一脉相承、触类旁通吧！在艺术评论家泰奥菲尔·戈蒂耶（1811–1872）看来，雨果本可轻易成为一位伟大的画家，但他"并不以绘画自居……必须得有慈善事业的圣洁劝诱，才可从他那里获得出版这些画稿的许可。"雨果在世期间，虽从未中断绘画，但他更多将其作为

---

[1] 先贤祠正门三角楣上的法文为 AUX GRANDS HOMMES LA PATRIE RECONNAISSANTE。

一种消遣，而非像职业画家那样刻意为之。对于用纸他并不太讲究，时常是在信中作画；对于用料他则以墨为主，颇有中国水墨画的神韵。

国内学者程曾厚就雨果传世的画作数量，曾向巴黎橘园美术馆前馆长皮埃尔·若热尔（Pierre Georgel）请教，而后者经过多年考证认为约在三千五百幅[1]。尽管留有数量如此庞大的作品，但我们的"画家"生前却仅出版过一本《雨果画册》（Dessins de Victor Hugo, 1862）。这本画册共收录雨果的十三幅作品，由刻版家保罗·舍奈铜版雕刻，泰奥菲尔·戈蒂耶[2]作序，其中包括《敦刻尔克近郊》(Près de Dunkerque)、《古堡》(Burg) 等优秀画作。其实，雨果之所以同意出版这本画册，是因为他当时住在根西岛结识了不少贫苦人家，其目的正是用所得稿酬"每周一次，给贫穷的孩子开一顿饭"[3]，并本着互助友爱的精神不时在衣物上接济他们。作为浪漫主义文学的大师，"自由、平等、博爱"的精神不仅体现在他笔下的人物身上，更体现在他自己的行动之中。

在我译《雨果旅行画记》之际，适逢 2019 年上海明珠美术馆举办的《维克多·雨果：天才的内心》画展。对国内大多读者而言，这无疑是一次近距离欣赏雨果画作的机会。我欣然前往一睹展出的画作，由此得以感悟雨果的惊世才华。原来我们崇敬的伟大作家，居然在设计、绘画等方面亦有如此高超的造诣，并有如此丰富的游记、书信、画作传世，这实在令人刮目相看。这本画记将大师的部分画作，与他写给亲友的信件和游记合二为一，在交代雨果创作时间地点的同时，也很好地再现了大师的处境以及他观察世间万物的视角。无疑，这种图文并茂的形式，要比任何单纯的游记或画册更能激发读者的兴趣。这本画记中，不少是雨果写给妻子阿黛尔的信件。在一位风流丈夫向自己的妻子倾诉脉脉温情时，雨果在信中多次流露出对茫茫大海的迷恋，对璀璨星辰的向往。因为在他看来，自然以其神秘莫测的力量造就的伟物，任何艺术家的杰作都难以与之

---

[1] 程曾厚，《墨的太阳》，《雨果绘画》，人民文学出版社，2002。
[2] 泰奥菲尔·戈蒂耶（Théophile Gautier，1811—1872），法国诗人、画家、小说家。
[3] 雨果，《致出版商卡斯特尔的信》，《雨果绘画》，人民文学出版社，2002。

竞相较量。

在1836年游历布列塔尼期间，看到浩瀚的大海，雨果喜不自胜，急切地赤身奔向大海，"海浪每次把我包围，并将我冲到泡沫之中，那都是一件极其美妙的事情。"其实，雨果对于大海抱有独特的情怀，或许正是罗曼·罗兰（1866-1944）所谓的"海洋情感"[1]。在上海刚结束的画展上，雨果创作的两百多件作品中，那幅名为《我的命运》（*Ma Destinée*, 1857）的钢笔水墨／水粉画尤其吸引我的目光。在波涛汹涌的大海上，狂风正卷起巨浪袭来，一条小船飘摇在浪尖，上空一缕青烟随风而散。此处，雨果借风雨飘摇的小船与滔天巨浪的激烈争斗，来衬托自己颠沛流离的人生境遇，意气之中不屈不挠的那种豪迈精神尽现纸面。

除写给妻子阿黛尔（1803-1868）与个别几位好友的信件外，这本画记中取材最多的莫过于他的游记《莱茵河：致友人书》（*Le Rhin: lettres à un ami*）。这本游记首次于1842年出版，由雨果于1838-1840年三次与朱丽叶·德鲁埃（1806-1883）游历莱茵河畔期间，写给远在巴黎的妻子阿黛尔的二十几封信组成。在这本出色的游记中，雨果以优美的文字和灵动的笔触，记述沿途见闻，采撷古老传说，描绘壮丽风光，勾勒古堡陋厦，为我们精彩呈现了莱茵河畔的山水建筑与人文风貌。古今中外，大凡圣贤豪杰，无不对山水具有一种独特的情怀，正如孔子在《论语·雍也》中有云，"知者乐水，仁者乐山。"[2] 君子仁智之德，实见于山水之乐也。作为百溪之王，江河是人类早期文明发祥的源头，日夜川流不息，处下而不居高；作为大地之脊，高山巍峨绵延千里，以其雄宏威震四方，让人心驰神往。对于欧洲的大河大川，雨果更对莱茵河情有独钟：

莱茵河集万千容貌于一身。它像罗讷河一样水流湍急，像卢瓦河一样雄浑宽广，

---

[1] 让-米歇尔·奎诺多，《读懂弗洛伊德》，陆泉枝译，上海译文出版社，2016。
[2] 孔丘，《论语》，张燕婴译注，中华书局，2006。

像默兹河一样峭壁夹岸,像塞纳河一样迂回曲折,像索姆河一样绿水悠悠,像台伯河一样历史弥久,像多瑙河一样雍容华贵,像尼罗河一样神秘莫测,像美洲河流一样波光闪烁,又像亚洲河流一样蕴含寓言与幽灵。

在诗人的笔下,流经欧洲多个国家的莱茵河,俨然一位千变万化的精灵。作为欧洲航运的大动脉,正是这条高贵而雄伟的河流,让法德两国之间缔结了亘古难解的恩怨离愁。河畔旖旎的风光,形式各异的古堡,葱茏翠绿的森林,离奇惊悚的传说,这一切美景都在这本画记节选的章节中有精彩的呈现。

不过,对于自然造化魅力的折服,并未削减雨果的人文主义情怀。他或乘坐马车或徒步跋涉,造访沿途所至的城市,徘徊于宏伟教堂,寻访古堡废墟,对城市景观艺术的留恋,无不透射出作者对人本身的关怀。因为在《悲惨世界》中,雨果就曾写道:"世间比海洋更广阔的景象是天空,比天空更广阔的景象是人的心灵。"[1] 若说寄情山水表达了艺术家的豪情万丈,那么对于城市建筑艺术的眷恋,更是作家人文诉求的集中体现。城市是人类文明的缩影,是历史变革的见证,更是人民智慧的展现。对于所到的很多城市,雨果不仅漫步大街小巷,而且登高揽胜。在欣赏与阅读这些画作和文字的时候,我们仿佛已经步入艺术家的内心,可以深彻感悟伟人的超凡魅力与恣肆才华。对于游遍欧洲主要城市的雨果来说,他还向读者推荐了游览城市景观的不二法门:

对我而言,参观一座城市有两种方式,二者可谓相得益彰。首先,是逐条街道、逐个房屋地去细看;其次,是站在钟楼上从高处俯看。通过这种方式,人的头脑中就会浮现出这个城市的面貌。

也正是基于这种鸟瞰市景的需要,国内外很多城市后来都建起地标性楼厦,并在

---

[1] Victor Hugo, *Les Misérables*, Edition Libre et Universelle, 2011.

上面设立观景台以供游客获得雨果这里谈到的全局视野。无疑，这种登塔揽胜不仅是概观一座城市容貌的方法，它何尝又不是一种超然世外、通天接地的玄思，这与我国古代文人的登高情怀多少有相通之处。刘勰在《文心雕龙》中对此就曾指出，"原夫登高之旨，盖睹物兴情。情以物兴，故义必明雅；物以情观，故词必巧丽。"[1] 登高作为一种兴起手法，带来的是一种壮志凌云的万丈豪情，更是一种天人合一的忘我境界。在沿途所遇的人物中，雨果尤其对妇女、儿童和劳动者，无不自然表露出满心的喜爱和热情。此外，他也探讨城市的历史发展，并对如何协调新旧城区布局提出个人看法，"必须要在两个城区之间保持平衡，并制止两个城区之间的纷争；既要美化新城，也要保护老城。"在城市高度发展的今天，雨果的这些建议尤其值得借鉴。

在《雨果旅行画记》中记述的每个城市，雨果对当地的教堂和古堡格外青睐。他流连于中世纪那些壮丽的教堂（沙特尔、亚眠、济韦、圣米歇尔、兰斯、内穆尔等），沉醉于那些哥特建筑的恢宏与静谧，才思与情怀在教堂高耸的尖塔引领下飞升。有着不俗绘画天分的雨果，显然在建筑艺术方面，有很高的观察力和深刻的见解，这一点在他对今年4月15日遭遇火灾的巴黎圣母院的评述中就可见一斑："可以说，这是一首宏大的石头交响乐……从每块石头上，都可以看出在艺术家的才华指引下工匠们迸发的奇思妙想。总之，人类的这件杰作，它雄伟而富饶，正如上帝的造物一样，似乎窃取了多变与永恒的双重属性。"[2] 从信仰层面来看，这些宏大的宗教建筑在向世人昭示天国的至高荣耀。

这本画记中所描述的教堂，大多为中世纪或文艺复兴时期的建筑，有的常年失修，有的修缮不周，有的装饰粗劣。目睹这些恢弘的教堂经历种种惨状，雨果字里行间流露出对历史建筑保护的担忧和惋惜。不过，除描写教堂的壮丽与宏伟、肃穆与宁静之外，在画记从《莱茵河》选取的一封1842年8月1日的信中，雨果对济韦教堂的钟楼描写如下：

1　周振甫，《文心雕龙今译》，中华书局，1986。
2　Victor Hugo, *Notre–Dame de Paris*, Gallimard, 2002.

神勇的建筑师先拿来神父或律师的一顶方帽。在这个方帽之上,他倒放一只色拉碗,以这个碗底为平台,他又叠置一个糖罐;糖罐上面,是一个水瓶;在水瓶上,又是一个太阳,以正下方的放射线为柄;最后,在太阳上面,一只公鸡插入正上方的放射线里。

雨果在信纸上,专辟空白以钢笔勾勒济韦钟楼的外形。收信人看到纸上的那幅简笔插图,读到上面谐谑而揶揄、幽默而灵动的文字,又怎能不捧腹开怀呢?反正,作为译者的我早已为这种妙趣横生的形容忍俊不禁了。

画记的后半部分,雨果主要记录了自己遭到路易·拿破仑(1808—1873)驱逐之后在流亡途中的见闻。雨果生在法国历史上局势最为动荡的岁月。拿破仑三世上台后,不久便于1852年创立帝国,雨果也因公开批评政府而遭到流放,由此开始长达十几年的流亡岁月,直至普法战争结束才回国。作为法国文坛领袖,雨果心系国家前途和人民福祉,对暴政和压迫可谓深恶痛绝。在他的政论杰作《小拿破仑》(1852)中,正如国内学者柳鸣九所言,"它像滚烫、炙热的熔浆从十二月事件这个火山口喷发而出,其冲劲具有雷霆万钧之力……它是强有力的檄文,是令人折服的起诉书……是对当时已成为法国皇帝的窃国者的一次毁灭性的抨击。"[1] 作为胸怀天下的志士,在英法联军1860年入侵北京后,雨果虽身处异乡根西岛,却摒弃狭隘的民族主义,在1861年11月25日《致巴特勒上尉的一封信》中,从人道主义立场对这次暴行加以审判:"在历史面前,这两个强盗一个叫法兰西,另一个叫英格兰……政府有时会是强盗,而人民永远也不会。"历史在前进,政府已更迭,人民永不变!

从巴黎到布鲁塞尔,再从泽西岛的"海景台"到根西岛的"高城居",雨果不断遭到驱逐,多次举家迁移,饱受颠沛流离之苦。不过,在读这本画记有关他流亡生活的章节时,我并未感到太多的悲情和自怜。与之相反,我们看到的是一代伟人在窘境下的豁达释然与自得其乐,因为生活中本不缺少美,缺的只是发现美的眼。或许一个人

---

[1] 柳鸣九,《雨果文集》(第18卷)<序言>,河北教育出版社,1998。

只有走出国门，才能以更好地审视自己；只有回顾过去，方可勇敢拥抱未来。作为异乡的游客，一草一木皆为风景，一堂一堡都是杰作。然而，对于久居当地的土著而言，却早已看惯这些风景和建筑，也不可能像游客那样投以欣赏的目光，恰如苏轼在《题西林壁》中所云，"不识庐山真面目，只缘身在此山中。"游遍欧洲各地的雨果，显然也认识到了这个问题，"当你告诉愚蠢的市民，那些壮丽居所的庸人，当你对他们说他们的城市美丽、迷人、令人羡慕，他们会瞪大眼睛把你当成疯子。"

在译这本《雨果旅行画记》期间，有一天我做了个梦。昔日年少的我，独自拉着一辆人力车，载着满车的米面，朝回家的方向前行。那现实中消隐的村庄，不就近在咫尺吗？但眼前的路望着近，走着远；隔着山，隔着水。一时山重水复，险象环生。我翻山越水，四处向行人打听，就是找不到回家的路。梦醒时分，我恍然大悟：人世间最远的路，就是再也找不到回家的路。刹那之间，我可以切身理解雨果飘落他乡，身为游子流亡的那种凄凉与豪迈，以及十几年后回到法国的那种苦楚与喜悦。

我时常仰望蓝天，羡慕鸟儿能自由高飞；我时常凝视夜空，渴望与眨眼的群星对话。如果我是岁月可以承载的一片落叶，又或是漫天飞舞的一片疾云，我愿乘着那不羁的劲风，去游览世间的大川大山，领略各地的风土人情。在即将迈向不惑之年时，我向往再次迈上征途，真正体会那种"读万卷书，行万里路，心中脱去尘浊，自然丘壑内营"[1]的超然境界。只是这一次，我不仅要亲眼去观赏沿途的风景，更要用心去体悟世间的气象万千、人性的善恶美丑。人沉浮于世，若不虚一行，定要览遍人间的美景，遇见相惜的知己，珍藏难忘的回忆。让我们跟随雨果的步伐，去领悟这位艺术大师在用文字描述山川流峙、教堂古堡、城市风光的同时，又如何以笔墨将这些美景转化为一幅幅或趣味昂然，或激情澎湃的画作。

陆泉枝

2020年9月于上理工

---

[1] 董其昌，《画禅室随笔》，华东师范大学出版社，2012。

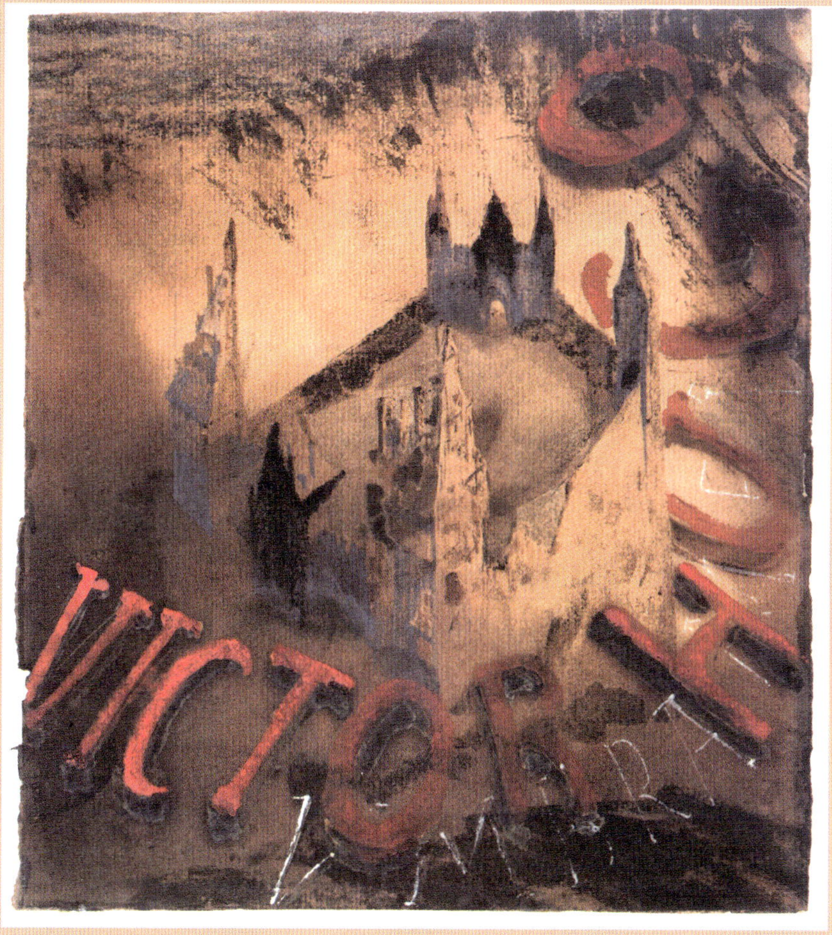
VICTOR HUGO

引言：维克多·雨果的绘画

泰奥菲尔·戈蒂耶

看到维克多·雨果的名字用奇特的字体，出现在以暴风雨和建筑物为背景的封面上，公众肯定会倍感惊讶，后面竟然章节、颂歌、散文、诗句全无，始终是大诗人在持笔作画。只是这一次，他手中的笔并不去勾勒那些像光线一样多彩、如水晶一般流动、似无穷那样深邃并永存在人们记忆当中的词语；这支笔自得其乐，全然不受支配，在意念的空地随意涂抹，里面憧憬着记忆的模糊轮廓、迷雾虚掩的美景、奇异绝妙的幻想以及无意识下不经意间的神来之笔。曾经多少次，当我们每天步入这位杰出作家的内心世界时，也并未投去任何惊羡的一瞥，去留意一滴墨汁或咖啡如何会在一枚信封或随手捻来的一片纸上，化为风景、城堡或异域的海岸，又或从光与影的冲击当中，产生一种意想不到、摄人心魄、神秘莫测的效果，让专业画家都为之叹服。大诗人任凭晕线恣意延伸，一边又像他写作那样交谈，虽时而恢宏，时而亲切，却总是精妙绝伦。等告辞的时刻到来，人们争抢着这些由雄狮的利爪划出的画作，而他通常还根据画稿的特征和得画者的性格，以拉丁文、西班牙文或法文附赠几句亲切的献词。他的门生或信徒当中，无

我的影子，约 1852 年

不精心保留这些即兴绘制的画作。这些作品要比他的手稿更为罕见和珍贵，因为它们揭示出作家鲜为人知的一面。由于数量尤其庞大，这并非全部画作，而只是人们可以汇集的作品，有幸经保罗·舍奈先生刻版誊印，然后编成这本书，或毋宁说这本画册。从今往后，这无疑将是维克多·雨果全集不可或缺的补充。

从作家可塑的豪情来看，不难猜想他本可轻易成为伟大诗人那样的伟大画家；以他具备的客观写实能力，他本可像用于文学那样，将这种能力用于绘画之中。然而，他从未将这份天赋超出单纯的消遣之外，因为他深知一个人只从事一门艺术并不为过。所以，维克多·雨果并不以画家自居。若说我们经常看到有些杰出的大师，相较于为他们带来荣耀的艺术，自己的次要才华才更让他引以为傲，那我们的诗人则绝非此类人物；因为必须得有慈善事业的圣洁劝诱，才可从他那里获得出版这些画稿的许可。

我们知道维克多·雨果是个不知疲倦的漫步者，对此他本人在诗中曾多次指涉。这位深沉而神秘的浪客，缪斯女神总是陪伴左右。他喜欢在隐秘中恣意寻找孤独，喜欢自然在无人造访、身形毕露、毫无掩饰的情况下步入它的怀抱。他漫步穿过草原，成排的杨树在晚霞中现出怪异的剪影，仿佛行进的幽灵队列；清晨时分，当黎明的微风拂动路边幽暗处那棵虬屈的古榆，一位行人从晨曦泛白的天际瞥见这黑色的颤动，而你们又从一节诗或一幅画中再次找到他的身影。诗人具有一双幻视的眼睛，正如他谈到的阿尔布雷希特·丢勒[1]；他以奇特的视角审视万物，而借各种形式隐蔽的生命，又以神秘的活动展现在他的眼前。森林怪异地蠢蠢而动，树根在土壤中摸索，正如蛇返回洞穴那样。那些扭曲的树干、畸形的枝条，仿佛鬼魅伸出的手臂；老树干上的结节，像注视你们的眼睛，而在拂动的树叶下，我们似乎还看到疾行的白衣幽灵。

---

1 阿尔布雷希特·丢勒（Albrecht Dürer，1471—1528），纽伦堡画家、版画家，文艺复兴杰出的艺术家。

这种从自然之中剥离奇幻的禀赋，维克多·雨果在审视建筑时并不缺乏。他既擅长呈现废墟的阴冷恐怖，又能展现森林的隐秘可怖。在他的才华之中，有几分皮拉内西¹的天赋，这位建筑大师以黑色铜雕带来梦幻与噩梦的质感。正如皮拉内西，他喜欢漫步于遗弃的建筑废墟，喜欢走下摇晃不稳通往深处的楼梯，喜欢在走廊没有出口的幽暗迷宫里徘徊、手持安妮·拉德克利夫²昏暗的油灯。然而，过多强调这种超凡的才华毫无用处。所有人都（重）读过《巴黎圣母院》，我们完全可以说，是这本小说拯救了法国的中世纪艺术，并赋予考古学一股抒情的活力。

于是，我们的幻想家动身出发。一首诗篇在他的头脑中飞舞，它上下振动翅膀，试着乘风翱翔。他缓慢信步前行，丝毫不受意志支配。他已经离开城市，万物在他不见而视的眼中浮现。一幅幅由现实与虚幻、黑暗与光明构成的画面相继延展，它们与内心视觉融为一体，表现出超自然主义色彩。时而，在几片树丛之中，华兹华斯的钟楼无声地伸出手指直达苍天，似乎让大地记着上帝依然在天上；时而，在夕阳照亮的那方天空，一片积满雨水的带状阴云，像条腹部鳞片无光的鳄鱼在移动，天边清晰地现出一座奇幻古堡的锯齿状轮廓，上面耸立着灯罩似的屋顶、尖塔、烟囱和球形小钟楼，近处则是一簇奇异的树丛。在更远处山谷折弯的地方，一间茅屋隐没在枝叶之中，一缕炊烟昭示着它的存在，说明那里尚有人居住。在山谷尽头，山势收窄变陡为峡，一座早已被毁、破败不堪、几近垮塌的堡垒只有城墙依然屹立，而墙体石块已经和山岩连为一片。一棵枝干扭曲的枯树，正对一栋废弃的建筑，除小教堂的钟楼已所剩无几。在对面的山坡上，一块怪如人形的岩石，好似浪漫主义时期的沃尔内³，在面对这片废墟沉思。诗人始终向前

---

1 皮拉内西（Giovanni Piranèse, 1720—1778），意大利雕刻家、建筑师，以雕刻现代罗马和古代遗迹成名。
2 安妮·拉德克利夫（Anne Radcliffe, 1764—1823），英国小说家，哥特式风格的开创者。
3 沃尔内（Constantin F. Volney, 1757—1820），法国资产阶级革命时期的哲学家、政治家。

西班牙城市，约 1852 年

行进，一组组诗篇浮现在他沉思的额头。在山峰之巅，一座带有雕饰和悬窗的哥特式尖塔，如一顶尖角的王冠，直插云天、奋力高升，全然不顾其他更卑微的尖顶，可否赶上这令人眩晕的高度。在幽暗的深渊里，一座城市从高山的平顶拔地而起，正如龙达[1]或君士坦丁[2]，在暴风肆虐的天际以缺口勾勒出布满裂缝的城墙、缺角的高塔外形、臃肿的钟楼、高耸的瞭望台、楼梯的山墙以及黑色的烟囱。漫步者突然步入平原。太阳消失在地平线，透过火光和雾霭，城市的轮廓浮现出来，到处是穹顶和灯火通明的塔楼，凭借想象人们仿佛看见火光冲天的所多玛或莫斯科。继而，夜幕降临。无边的黑暗像阴森的细纱绵延开来。一栋无名的古老建筑，在

---

1 西班牙城市。
2 阿尔及利亚城市。

在莱奥妮女士脚下（或敦刻尔克近郊）

惨白的微光下浮现出来，然后在峭壁和草丛中坍塌。一座城镇屹立在险峻的群山之中，恰如"红胡子"[1]被造反的骑士们团团围住。然而，诗篇就此结束，绝美的韵文回应着姐妹的呼唤。返还住所的时刻已到，那里家人站在门口，盼着幻想者回家共进晚餐。沿途只剩有待穿越的树林。月亮银色的脸庞上，那参差交错的暗纹，犹如遮在苍白面容上的花边罩纱。草丛中，阴影与微光映出怪异的线条，夜色的惊慌隐匿在畸形怪状的灌木后面。幽暗时分，高大树木的颤栗在斑驳的暗影下浮动，而漫不经心的目光所见，不过是一幅潦草的画作而已。

茶歇闲谈过后，诗人将沿途采集的诗句付诸纸面，若纸上尚存一片空白，他有时会用写下那些不朽诗篇的同一支笔，以迅捷而淡然的线条，勾勒出路途所见

---

[1] 这里"红胡子"指腓特烈一世（Frederick I，1122—1190），1152年出任德意志国王，欧洲历史上著名的政治家。

的繁景。我们无法回答，他是否真正见过所有他描绘的那些事物。农场的鸽舍可能是这座古堡的起点，夕阳染红的村庄已化为巴比伦城市的大火；在夜幕的放大和扭曲下，简朴的茅屋成为可怖而坚实的堡垒，小丘的高低起伏变为皑皑山脉的脊线；看似妖魔鬼怪，不过一棵树而已，最简单的物体竟显出幽灵的模样。不论在写作还是绘画中，维克多·雨果的才华都有特殊之处，它真切而又虚幻。他在描述事物的可见特征时，那种精致可谓无人能及，同时他又能表现俗物无形的一面；他将虚幻置于写实之后，好比躯体后面的阴影一样，而且他从来不会忘记，世间的所有形象，不论美或丑，都有一个黑影紧随其后，正如一位神秘的随从。

正如把各色石子嵌入砂浆中那样，我们在自己贫乏的文风中插入代表幻想的小幅刻版画，它们散见于书本或手稿的空白处。现在，让我们去领略更为重要的绘画，那些由保罗·舍奈先生选取并雕刻的版画。草图之后，请看大作。

在这些绘画中，有些风景特征奇异，但冲击最强的依然是那些人们可以称为"梦幻建筑"的作品。其中一幅由于构图独特，效果奇异，寓意深邃神秘，让人不禁长久地沉思与凝视。

在一侧峭壁坠入虚无的一方平台或阶地上，立着一垛高墙，它右折后视线引向远方，并直至一座锥顶小塔楼，上面插着一个燕尾风信标。在离观者最近的角落，紧靠高不过墙顶的方形塔楼，设有一扇做工精美的大门，尖尖的三角楣两侧，立着竖有圆球的小钟楼。门廊上方，浅浮雕隐约可见。旁边设一道暗门，外围饰有文艺复兴特色的涡纹。在这高墙之内，屹立着一组建筑群，如堡垒中央的主塔，这怪异的组合由锯齿山墙、尖角屋顶、悬挑楼层与叠置阁室构成；城堡上空乌云密布，云影在建筑上离奇地留下不祥的条纹，几道闪电霎时划亮夜空。在高墙下方的题字框内，以大写字母刻有如下文字："人砌石头，云归上帝"[1]。多么忧伤

---

[1] 此处原文为 homo lapides, nubes deus，系一句拉丁文。

的句子，这简洁的字谜隐含着诸多意义。人类用石块建造的城堡不如上帝用云朵建造的城堡更为持久；永远流动的云彩要比花岗岩更为坚固。在高楼消亡很久以后，水汽仍会在荒凉的高原上空堆积它们的建筑奇观。

另一幅画名为《西班牙，我的一个城堡》，布景可谓精妙绝伦，就是吕伊·戈梅兹先生与索尔女士[1]住那也不失体面。在沟壑纵开的山体脚下，延伸出这栋封建宅邸，在平原上投下黑色的斜影。那墙壁高大而坚固，以几座方形塔楼支撑，其中一座下方还有带雉堞的小屋，恰似阿拉伯格栅遮窗。正中设一扇豪门，结构更具现代特色，建造风格西班牙人称为文艺复兴洛可可式，在古老而坚实的门墙上，堆叠着各种繁复的饰物。在大门两侧的拱脚上，承载着一座观景楼，其上又叠着几个镂空的小塔楼，它们聚拥形成一座钟楼，尖顶上还饰有铅花。人们从门廊阴影下看到的那些台阶，欧那尼理应会再刻一遍。在厚厚的围墙上，间隔钻有一些孔洞，但只开一扇带立柱和斜面三角楣的窗户，或许是女堡主倦于自己屋内无新鲜空气和阳光而找人开凿。塔楼墙壁上固定着铁制绞架，表明这座浪漫主义风格庄园的领主，在自己的封地上具有绝对的司法权。远处暗淡的水面上，映出小教堂的钟楼。《颂歌集》[2]中那年迈的铁骨男爵，想必喜欢生活在那儿去"遗忘与被遗忘"。

很难想象有比《古堡》更为可怖的东西。那阴郁的天空，宛若一块黑色大理石，上面划满斜长的晕线。狂风挟裹着成串的雨水，向那片废墟席卷而去。在山巅之上，仅剩一座塔楼，山墙上筑有雉堞，那里本应挂着约伯受诅的旗帜。透过那残垣断壁、那开裂的墙体，依然可以看出过去围墙的轮廓。一扇门凄惨地通向无底深渊。在基底被狂风侵蚀的峭壁上，那崎岖的岩石、阴森的植被，看似如巨型蜘蛛，说

---

[1] 此处的吕伊·戈梅兹（Ruy Gomez）先生与索尔（Sol）女士，是雨果剧本《欧那尼》（Hernani）中的男女主人公。

[2] 《颂歌集》（Odes et Ballades）是雨果于1822年出版的诗集。

明只有鬼魅占据这片废墟,它们潜伏于此织出漫天的罗网。

一叶孤帆划过一片汪洋,岸边一群塔楼以杂合构件怪异地相连,倘若描绘此景的这幅画不是题名《敦刻尔克近郊》,看到那些带山墙、圆球的屋顶敛缩又膨胀,人们想必认为这幅草图是在伏尔加河边,当汽船从雷宾斯克至科斯特罗马[1]中途停靠时,画家依据一座修道院或一个村庄而绘,而那球形的钟楼或教堂的奇异穹顶,定然会吸引一位游客的目光,比如罗曼诺夫、斯帕斯科夫、诺沃斯帕斯科夫或鲍里索格列夫斯基。

然而,何须这么多无用的言辞?任凭文字占据再多的页码,厌烦的读者捻动拇指便可一翻而过。就让维克多·雨果的画作自言其说,因为它们完全可以自释其义。

---

[1] 此处的雷宾斯克与科斯特罗马都是俄国地名。

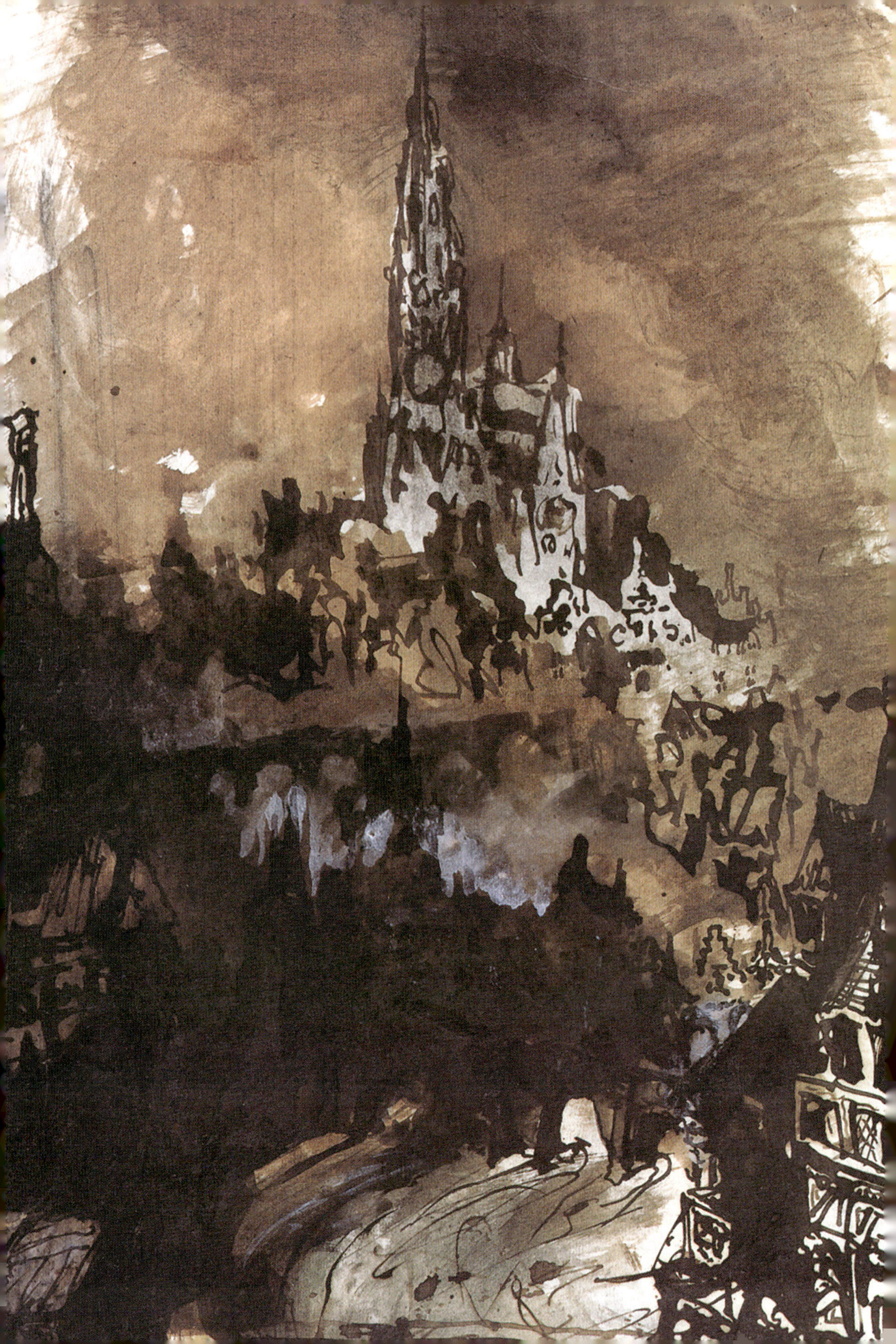

I

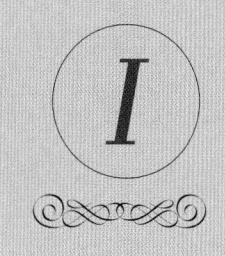

◎ 诺曼底

La Normandie...

◎ 布列塔尼

La Bretagne...

◎ 庇卡底

La Picardie...

诺曼底的古老城市，1866 年

蒙蒂维利耶
1835 年 8 月 10 日 早上 8 点

维克多·雨果致阿黛尔[1]的信

［……］这个城市和迪耶普同样的乏味，但大海附近一切又如诗那样美丽。迪耶普之后，我游览了圣瓦莱里，这是个不起眼的小港。不过，费康却是个迷人的小镇。当地教堂可谓最美的哥特式建筑，庄严肃穆之中尽显罗曼风格，里面文艺复兴时期的祭台堪称十五世纪的杰作，都是些坚固而精致的石棺。教堂之内几乎没有彩色玻璃窗。那些四散在教堂的祭廊残片，是我所见过的最为精美的碎片。上面有些头像正如拉斐尔笔下的人物，在对墓室里的圣母肃然起敬（极为自然）。有一尊雕刻的头像，从涂彩看为男性，他手里拿一本书，简直是安格尔[2]笔下你能想到的最让人惊叹的画像。我敢对安格尔本人说，这头像还更富神韵。离开费康后，由于找不到马车，我便步行四里至埃特勒塔，然后从埃特勒塔到这又是四里，这让我昨天感觉十分愉快。等到蒙蒂维利耶，已是晚上十一点。我敲了旅店的门，开门的女店主十分漂亮，名叫邦茹小姐，她殷勤地为我安排房间，里面摆着鲜亮的红木家具，并给我拿来浅蓝色的纸张。亲爱的阿黛尔，我正是用这纸在给你写信。

1　阿黛尔·富歇（Adèle Foucher，1803—1868），雨果的妻子，俩人于 1822 年结婚。
2　安格尔（Jean Ingres，1780—1867），法国画家、制图师。

我在埃特勒塔见到的景色很美。悬崖每隔一段就有自然形成的拱门，下面海浪随潮水涨落而涌动。等潮水退去以后，我一直走到自己所画的这座雄伟拱门跟前，途中到处是海带、水洼、光滑的海藻以及附生水草的鹅卵石，这些水草随波摆动，犹如头颅上生长的绿色毛发。左右两边是晦暗的门廊，那峭壁巍然耸立，巨大的拱门随时光流转，而透过这道拱门还可以看到第二道拱门，四周到处是海水拍打岩石形成的柱头。这真是天底下最宏伟的建筑。你可以对布朗热说，在埃特勒塔的这些大自然杰作面前，就是皮拉内西也不值一提。在地平线远处有一艘船，它石青色的桅帆在海上像一张拿破仑的巨幅画像。一切都美妙至极。

　　忘了对你说，我在费康看到满月下的大海。多么壮丽的景色！一艘挪威船只刚从港口出海，水手们的歌声如泣如诉。在我的后面，是夹在两座山岗之间的小镇及其教区；在我的前方，夜空和大海在皎洁的月光下水天一色；在我的右面，海港灯塔的亮光纹丝不动；在我的左面，是悬崖坍塌的巨大黑影。我站在防波堤的脚手架上，海浪每次袭来时，它便左右摇晃。

8月9日下午1点－埃特勒塔的悬崖
1835年雨果旅行笔记

沙特尔大教堂
1836年6月17日
1836年雨果旅行画册

拉鲁佩

1836 年 6 月 18 日 [1]

维克多·雨果致阿黛尔的信

［……］身处此地，不禁大声发出一连串的赞叹。沙特尔大教堂的确是个奇观。

我们花了三十六个小时，在里面上下四处游览，时而穿过殿堂，时而深入墓室，时而又爬上钟楼，贪婪地从各个方向打量这座建筑。不过，我们对它仍一无所知，因为要想对教堂内部有个基本的认识，至少需要六个月的研究。对我来说，我依然沉浸在这些宏伟建筑余留的第一印象当中，完全只有赞赏的份儿。

教堂内部极其恢宏。殿堂高大而幽暗，彩色玻璃窗上嵌满了宝石，祭坛过道最近刚镶边框的浮雕，构成一丛令人叹为观止的石刻灌木，可谓十五十六世纪之交从未涌现的艺术杰作。多么壮丽的教堂！细节繁复犹如森林，又是多么静谧、多么高大。这种艺术才是自然真正的子嗣。正如无穷的自然一样，其中宏硕与渺茫并存，微小与壮丽共在。

哎！我们时代那些可怜的建筑师，他们用那么多石头只会营造渺小的建筑，他们应该来这里学习才是！他们应该到此向这些宏伟裸墙的缔造者学习，如何在

---

[1] 1836 年 6 月 15 日，维克多·雨果和朱丽叶·德鲁埃动身开始他们每年一次的旅行，期间曾由塞莱斯坦·南特伊陪同。

简单之中蕴含繁复而毫无杂乱，又如何用细节去衬托整体的宏伟。他们是真正可悲的艺术家，他们对自己的艺术已丧失感知，他们摘除掉橡树的叶子，亦如教堂没了阿拉伯纹饰。

教堂的外观也同样辉煌。耳堂外的两组门廊精美得无与伦比，有些吊顶边门从侧面望去，我感觉还有点像埃及的列柱。这里的雕像和亚眠大教堂的相似，都诞生在基督教艺术最肃穆的时代。

至于那两座钟楼，它们构成的那种典雅与庄严之间最绝妙也最和谐的对立，着实极尽想象之能事。那座老钟楼稍矮一些，为罗曼风格，肃穆而庄严。另一座钟楼可谓一部宏大的杰作，高度足有四百尺。

那三扇巨大的圆形花窗，外观形制十分精致，内部颜色也同样精美。

谈起火灾[1]造成的破坏，不管各路报纸如何报道，损失确实极为惨重。我是目睹之后才发表看法的。我参观这座教堂尤为谨慎，也像过去那样完全匿名，以便不受任何礼节的影响。为了游览整个教堂，正如其他地方一样，我不得不与愚笨的敲钟人和傲慢的司事斗智周旋。在所有的教堂我都会碰到这样的人；他们是教堂绝对的主人，好奇客的拦路虎，他们将这些残片视为珍宝，用钥匙锁起来据为己有。不过，沙特尔大教堂还算好，司事已向士兵传达命令。你报上姓名说要进去，哨兵会冲你喊道："站住！您有许可证吗？"——"谁给发？"——"门卫会发。"士兵说道。[……]

1　沙特尔大教堂历经几次大火，1836年第三次大火毁掉了教堂木制的屋顶，后由金属屋顶代替。

阿朗松

1836 年 6 月 19 日

维克多·雨果致阿黛尔的信

[……]我们前天告别了沙特尔,那儿还有一座玻璃窗很漂亮的教堂我没对你说起,由于我刚从沙特尔大教堂出来故而隐去。我们离开了博斯平原,日暮时分平原上的地平线十分壮观,我们本应好好欣赏一番才是。现在,我们看到诺曼底出现在眼前,借助苹果树旁逸斜出的绿色枝条我们方可认出此地,我们的四周全是果树。又是下雨,又是刮风,天气实在糟糕。太阳也在嘲弄我们,不时从乌云间隙探头窥视我们[……]

富热尔
1836 年 6 月 22 日

维克多·雨果致阿黛尔的信

我的阿黛尔，已经三天没给你写信，我非常需要和你交流，并在你的思念中休养生息。

南特伊已经和我告辞，可能会在瑟堡与我会合。阿朗松之后，我去了拉赛，这是个乡野小镇，正好地处几条近道的中段。镇上有三座古堡，我画的那两座十分壮观，正如你信中所见。第三座只剩一些废墟，淹没在世上最美丽也最原始的丛林之中。

拉赛之后，我又去了马耶讷。人们根本认不出贫瘠的布列塔尼，因为它比瑞士阿尔卑斯山附近还要美。马耶讷是一个风景如画的城市，坐落在马耶讷河两岸；当地有一座美丽的城堡，一座高大的教堂镶嵌的罗马石有两千年的历史，几栋十五世纪的房屋，以及一座尖拱桥。所有这一切勾勒出一片迷人的街区。

我从马耶讷又到瑞布莱尔，那儿有一处恺撒营地遗址。在世上最美的女孩带领下，我周游了营地各处。她送我刚采的玫瑰和古老的残片。她矫健地跳过围栏，毫不顾及自己的衬裙。接着，她带我参观一座罗马时期的寺庙和其他很多遗迹，并谈起很多她自己的事情。告辞的时候，我给了她一埃居，她向我要了个吻。抱歉，

诺曼底回忆，1859 年

我在向你讲述事情的本来经过。我要给你带一块恺撒营地的大理石，借此向你证明我的好运。我太过于自命不凡。

你想象一下，我被烈日晒得像个红胡萝卜，竟还给你写这些。[……]

埃尔内是个凋敝、呆板、乏味的小镇，那儿有一位丑陋的老妇，经营着一家破败的旅店。除了赶跑面前这群见到我之后便嘎嘎乱叫的母鹅以外，我也并无其他什么乐趣。

我在埃尔内看到不少可爱的孩子，在大路上捡拾马粪。我要告诉你，他们的举止之中尽是感激。

这时，我已来到富热尔的郊外，画家理应虔诚参观此地。该镇有一座古堡，周围有世上最华丽的塔楼、水力磨坊、潺潺的溪流、耸立的悬岩和满园的玫瑰，街道两边是陡峭的山墙、高低不等的教堂以及被常春藤覆盖的各式古老建筑。这一切我在白天看过，在夜幕下看过，在月光下看过，却依然乐此不疲。简直太美妙了！

富热尔城堡，6月23日下午3点，1836年游记画册

那还有几栋路易十五时期的房屋，但没多大气象。在这乡野之中，浮夸的风格和这里的菊苣毫不相干，洛可可式与花岗岩则全然不搭。

除此以外，这里的建筑总体而言要算粗陋。布列塔尼石在任何时代都难以用作饰材，在文艺复兴和路易十五时期同样都难以采用。不过，有些教堂却尽显庄严与恢宏。

天气又晴朗起来，沿途景色迷人。四周绿意盎然，有灌木、乔木、开花的茎秆，烟雾之中混有蔷薇的气味。时而一畦毒芹散发出野兽的味道，时而一截残垣断壁里冒出白色的水泡，时而几只松鸦炫耀着自己蓝色的羽毛，还有几只啄木鸟让我想起蒂雷纳[1]的战马。不过，沿途的一切美景当中，到处都点缀着盛开的金雀花。

明天，我要去昂特兰参观旺代战役遗址。亲爱的阿黛尔，我会想念你。当这封信送往富尔克时，它会把我的吻带给你和孩子们，你们是我的快乐和我的人生所在。

请向马蒂娜问好，并替我拥抱你的父亲。我要送你一千个吻。将来有一天，我要和你一起旅行，那时我该多么的幸福。

---

1 蒂雷纳（Henri Turenne，1611—1675），法国贵族将领，路易十四麾下的元帅，虽身体纤弱，却精通战术。

圣马洛
1836 年 6 月 25 日

维克多·雨果致阿黛尔的信

[……]到圣马洛后,我已风尘仆仆,于是我奔向大海,去悬岩间洗浴,这些岩石环绕在海堤要塞,退潮时会形成无数个花岗岩浴缸。我入海比较深,穿梭在岩石之间,全然不顾海浪多次将我人仰马翻地冲到嶙峋的悬崖边上。不管怎么说,海浪每次把我包围,并将我冲到泡沫之中,那都是一件极其美妙的事情。

由于四天以来,我在太阳下一段又一段徒步走了十几里,我的脸开始蜕皮,面色也红得可怕。

此外,我需要饮水。自从来到布列塔尼,我就备受考验。要涤净布列塔尼,就得奔向大海。不过,这大浴缸里的水咸得简直超乎想象。

古城圣马洛，1866 年

圣马洛

1836 年

维克多·雨果致路易·布朗热[1]的信

今天我再次看到大海,亲爱的路易,有种渴望每年都把我带去那里。我看到那天际边,大海与山峦交汇出一条绿线,好似一块玻璃的裂纹。这是从多尔至圣马洛中途所见。目前,我在圣马洛;一到此地,我就直奔大海;我刚洗浴回来就给你写信,身上还沾着这片古海的盐渍。

某一天,我定要把你从你那些美妙雄健的作品中拽出来,以便我俩一道去游览我独自一人看过的名胜,我要和你再去看一遍。还记得从前,晚上我们在蒙鲁日旷野散步多么高兴!要是眼前看到这无边的海浪,又该是何等的高兴!

若说你必须拜访一个城市,让你和我一起参观,那便是富热尔。请原谅我转移话题,我不想再说大海,再啰嗦下去的话,这封信得写上百页。好吧!我从富热尔回来,正如拉·封丹[2]参观巴鲁克归来,我会主动问每个人:"你去过富热尔吗?"

另外,整个布列塔尼都值得游览。偶尔在一个小镇,比如拉赛,你会突然看

---

[1] 路易·布朗热(Louis Boulanger,1806—1867),法国画家,雨果的挚友。
[2] 拉·封丹(Jean de la Fontaine,1621—1695),法国古典时期文学家、寓言诗人。

到三座壮丽的古堡前后相连。可怜的布列塔尼！它保存了一切，遗迹、居民、诗歌与肮脏、古旧的颜色以及表层的污垢。这些建筑清洗后，它们将无与伦比；对于布列塔尼人，我看未必会去清洗。时常，在一片欧石南丛生的美丽乡野，在几棵四仰八叉的榆树下面，在枝叶扶疏的高大橡树下面，在一片盛开金雀花的田畦之中，一只体型很大、毛色漆黑的渡鸦从你面前飞过并在阳光下闪闪发亮；你瞥见一栋迷人的茅屋，炊烟从常春藤和蔷薇中悠然升起，你羡慕不已，并入内造访。哎呀！我可怜的路易，这栋外观光鲜的茅屋，不过是布列塔尼一间肮脏的陋室，里面猪猡和村民混住一起。我敢发誓，这些猪猡非常肮脏。

我刚回到富热尔。我非常希望你来富热尔参观。你想象一把汤勺，还多亏这样荒谬地开始。那勺是城堡，那柄是小镇。在野草蔓生的城堡上，坐落着七座塔楼，它们的形状、高度和年代各不相同；在勺柄上密不可分地聚集着塔楼、小塔、承载旧茅屋的古墙、锯齿山墙、尖屋顶、石砌叉道、敞式阳台、突堞、露台花园；将城堡与小镇相连，横着将它们置于世间最绿最深的河谷山坡上。库尔斯诺河湍急的水流将这些一分为二，岸上有五六座水驱磨坊日夜不停地吱吱作响。屋顶在飘烟，女孩在唱歌，孩子在尖叫，铁砧在叮当；这正是富热尔，你又作何感想？

将来有一天，你和我从教堂平台的高处，就会看到这番景象。然后，你会将这画下来，我的路易，你的图画肯定比原景漂亮。

啊！像这样的城镇，在布列塔尼有十来个，包括维特雷、圣苏珊娜、马耶讷、迪南、朗巴勒等。当你告诉愚蠢的市民——这些壮丽居所的庸人，当你对他们说他们的城市美丽而迷人，让人羡慕不已，他们会瞪大眼睛把你当成疯子。布列塔尼人一点也不理解布列塔尼，事实的确如此。什么样的珍珠，什么样的猪啊！

[……]

圣米歇尔山
1836 年 6 月 27 日

维克多·雨果致路易丝·贝尔坦[1]的信

小姐，我是在圣米歇尔山给您写信。这真是世上最美的地方，当然要继比耶夫尔之后。这些岩石又美又好；上面到处是阴森的监狱、塔楼和峭壁，人称圣米歇尔山的城市可谓具备得天独厚的优势。很难从一个更为可怕的地方写信寄往一个比我已离开而您现居的城市更为迷人的地方。现在，我受困于此，大海围着山峦。冬天，飓风、暴风雨和海难频发，景象实在恐怖。除此之外，一切都很美妙。

圣米歇尔山真是个奇特的地方！在我们周围，到处目光无法穷尽，那苍茫的天空、地平线蔚蓝的大海和绿色的陆地、天上的浮云、空气、自由、展翅高飞的鸟儿、各式各样的帆船。突然，在我们头顶上方，透过古墙山脊的一扇铁窗，现出一名囚犯苍白的面容。我从未像在此地如此深切地感受到，人的所为与本性之间这种残忍的反差。［……］

---

1 路易丝·贝尔坦（Louise Bertin，1805—1877），法国作曲家，于 1836 年以雨果的《巴黎圣母院》为题创作四幕歌剧《埃斯梅拉达》（*La Esmeralda*）。

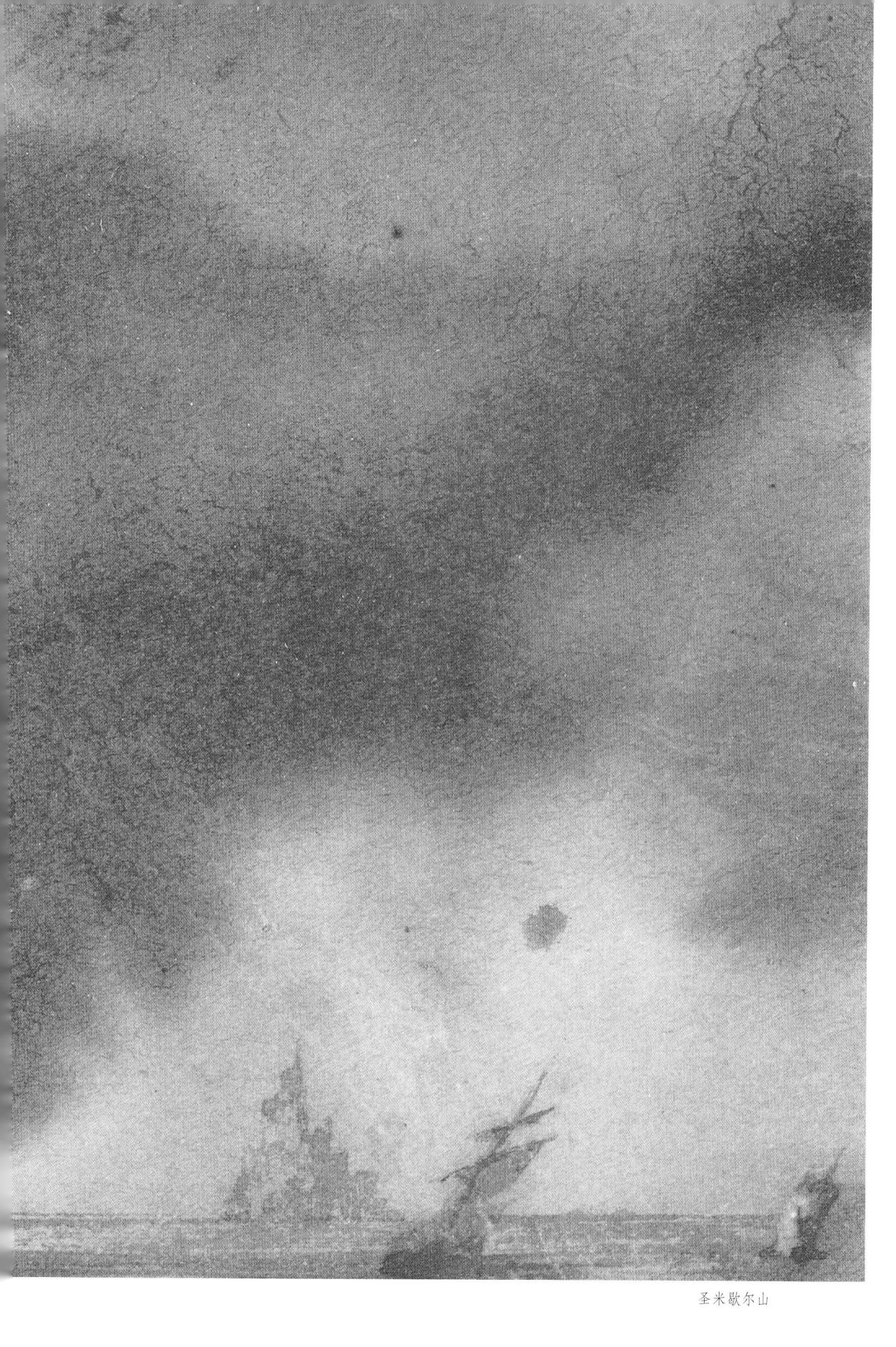

圣米歇尔山

库唐斯
1836 年 6 月 28 日

维克多·雨果致阿黛尔的信

[……]迪南是个美丽的古镇，好似一个燕巢垒砌在悬崖之上。那里有两座美丽的教堂、一座壮丽的古塔，我把后者画了下来，另有几处房屋的门面带有文艺复兴时期花岗岩雕刻艺术特色。

我昨天去了圣米歇尔山。这里，人们理应堆砌无尽的溢美之词，正如人们在悬崖上垒砌大厦，自然在大厦上垒砌悬崖那样。[……]

我仔细参观了城堡、教堂、修道院和隐修院。这简直是土耳其式的毁城。你想象一座监狱，不论称为监狱的地方多么丑陋肮脏，它竟被安置在十四世纪神父和骑士的神奇外壳下面。简直是一只蛤蟆蹲在圣物盒里。在法国人们什么时候才能理解这些建筑遗迹的神圣呢？

从外面看，在陆上八里或海上十五里开外，圣米歇尔山看似犹如一个奇观，一座精美绝伦的金字塔，每一层都是大海冲刷的巨大岩体或中世纪刻画的上天居所，而这座巍峨高山的基底，它时而如胡夫金字塔周围的沙漠，时而又如特内里费岛四周的大海。从里面看，圣米歇尔山有点凋敝。一个宪兵守在门口，他坐在生锈的大炮上，这门大炮还是城堡的卫士们以前从英国人手里夺来，而同样的另

迪南，6月26日中午，1836年游记画册

一门大炮，人们竟愚昧地任其丢在城堡暗门的污泥里。我们朝山上爬去。这个村庄有些肮脏，你只会碰到一些忧郁的农夫、倦怠的士兵和类似的牧师。在这城堡里，到处是门闩的响声、各行各业的嘈杂，监督他人劳作（为了每周挣二十五苏）的身影，在教堂古老拱门下昏暗半影中移动的衣衫褴褛的躯体；昔日的骑士华堂

已变为作坊，透过天窗可以看到许多丑陋灰暗的人影如巨型蜘蛛在晃动，罗曼教堂的厅殿改成臭气熏天的食堂，美妙精巧的尖拱回廊化作污秽的散步场，到处是十五世纪的艺术惨遭盗贼刀划的痕迹，到处是人和建筑双双堕落并相互加剧的情况。当前，圣米歇尔山的现状正是如此。

布列塔尼回忆，1858 年

圣让德日
1836 年 6 月 30 日

维克多·雨果致阿黛尔的信

离开格朗维尔时,太阳已经西斜,海风轻轻吹动着路边的苹果树。沿途景色美丽而宜人,虽说不像圣米歇尔山周围的罗望子树那样芳香四溢。在离城不到四分之一古里时,当我注视着海上波涛中那些帆船的影子,我突然瞥见一只很大的鹞鹰在追捕几只云雀。如果不是看见稍远处的篱笆上,有只拳头大小的可爱小灰雀,在捕捉飞虫时神态如鹞鹰那样,我也不会留意到这幕场景。

晚上,我到了库唐斯。

我对所到之处目睹的各种破坏甚是气愤。在阿朗松,有一尊美丽、庄严的白色大理石雕像,衣着宛若玛丽·德·美第奇[2],但鼻梁却被教堂墙壁轧断后压在一堆椅子底下。在马耶讷,有一座碍眼的白色监狱愚蠢地建在古城堡的中间。在蓬托松,一座文艺复兴时期精美的祭台,神甫竟把最难看的忏悔室置于其上。人们脚踩十六世纪的浮雕行走,浮雕讲述的是圣灵降临的故事,上面还有许多古老的图案。在多尔,一座文艺复兴时期的古墓已化为尘埃。在阿弗朗什,已遭毁坏的

---

1 玛丽·德·美第奇(Marie de Médicis,1573—1642),法国国王亨利四世的第二任妻子、路易十三的母亲,是意大利美第奇家族的重要成员。

圣洛教堂，6月29日夜里9点，1836年游记画册

大教堂只剩一根柱子被人丢在地上。在库唐斯，整个大教堂岌岌可危。人们肆意改动十四世纪的尖拱，还花四千法郎荒唐地在里面装上金光灿灿的祭台，另有两堵厚厚的石灰墙横穿耳堂。外省一位名叫杜舍纳或德舍纳的建筑师，本已经开始把教堂正殿刷为明黄色，拱穹为白色、拱肋为红色，多亏公众的呼声才将这种愚蠢的做法叫停。我经询问得知，粉刷像库唐斯这样一座大教堂得花两万至两

万五千法郎。在圣洛，精美的教堂由于缺乏修缮任其垮塌，而那两个漂亮的钟楼完全可以与圣德尼教堂的尖塔相媲美。我问其中的原委，里面的一个教士回答我说缺少资金。我反驳说议院曾给政府拨过款项，用于公共历史建筑的维修。他回答我说，政府并不认为圣洛教堂属于历史建筑之列。哎！简直荒谬！为玛德莱娜雕像和奥赛码头，人们可轻易就掷出几百万啊！

这座圣洛教堂有个特点，我在其他地方尚未见过，那就是这座教堂有个带门的露天讲道台，神父站在那里给人布道，而整个讲道台做工好似十五世纪的雕刻工艺。前任市长本想把它拆掉，以便把街道拉成一条直线，但教堂委员会对此极力反对。教堂的彩色玻璃窗破败不堪，零散修复后显得十分丑陋。

不管怎样，我能进入这些教堂片刻已感到十分高兴。库唐斯和圣洛让我赏心悦目。海港里并无建筑遗迹。海滨城市和首都一样，屋宇损坏得很快。人们来回过往磨损太大，因此城市无法经常更新。我每次看到瑟堡总是满心喜悦，不仅因为我又看到了大海，而且这里还有你的信在等我，我的阿黛尔。[……]

阿拉斯

1837 年 8 月 13 日 晚上 6 点

维克多·雨果致阿黛尔的信

我曾经计算过,在我给你写第二封信的时候,你就会收到我的第一封信。一想到你在思念我的那一刻我也在想念你,这对我来说就是一种幸福。

我现在阿拉斯,正准备入境比利时。昨天早上,我乘坐汽船沿索姆河岸从亚眠行至阿布维尔。在我上船的时候,太阳从浓雾中冉冉升起,亚眠大教堂宏伟的剪影出现在雾里,除轮廓之外,看不清任何细节。真是壮观极了!

没有比索姆河畔更美的风景。两岸全是树木、草地、牧场和迷人的村庄,映入我眼帘的尽是绿意。虽既不高大,也不肃穆,却像一幅幅佛拉芒风格的画作,前后延绵不断,又十分相似。水流穿过陡峭的河岸,两边芦苇与花草丛生,河流轻松绕过那些玲珑的小岛,到处是一块块水草丰茂的牧场,俊秀的奶牛静静地啃着青草,一缕阳光透过几棵高大的杨树洒在它们身上。我们不时在船闸处停顿,等通闸结束后,汽船又呜呜作响,好似困倦的婴儿在哭闹一般。

我们顺道游览了皮基尼,那儿有一座漂亮的钟楼,以及一座带有皇家气派的高大城堡,城堡门面由砖石构筑,为德布伯斯女士所有。从右面下行,一座小岛上留存的一些遗迹在我看来十分奇特,不过对乘船绕到茂密野草后面的游客来说，这些遗迹确实有点过于低矮。此外，这些野草和芦苇还营造出一种欣喜的效果。当汽船靠岸时航迹将其扰动，它们会以世上最优雅也最殷勤的方式向游客致敬。我饶有兴致地重新参观了阿布维尔。下午四点，我出发前往杜朗，抵达时已是晚上九点。对不熟悉这条水路的人而言，途中最大的惊喜就是圣里基耶，这座十四世纪壮丽的修道院几乎快成废墟，在相距阿布维尔三里时突然跃入视野。当然，我又驻足于此，花一小时参观了殿堂，绕行在无数的雕像之间，大部分雕像刻工精美，有些还带有十六世纪的涂彩。圣母小教堂内，有一尊刻在托座上的海星圣母像，我本可以画下来，可惜没有时间。圣母处在一颗星星当中，其他星辰环绕在周围，开裂的大船，汹涌的大海，远处是海港，一切都让人心驰神往。人们那时正在修缮这座壮丽的修道院，但工作很糟糕。在村子的广场上，有一座非常漂亮的钟楼，四个小塔楼与之相承。我非常想将这些画下来，但也只能作罢。我原以为阿拉斯会更好，但也只是差强人意。这里有两个奇特的广场，周围的山墙带有涡纹，属路易十六时期佛拉芒－西班牙风格。这里没有教堂。哦，我搞错了。这里有一座鄙陋的钟楼，好似圣雅各教堂的钟楼。我本想步入这座教堂，却找不到开门的方法，竟然上着三道门闩。我将这座粗鄙的教堂比作一个在市场上故作矜持的丑陋女人。但果真如此可怕，我还要进去吗？

阿布维尔，1837年8月12日夜里4点，等车期间为我的迪迪娜所画

瓦朗西纳

1837 年 8 月 15 日

维克多·雨果致阿黛尔的信

亲爱的朋友，明天我就到比利时。我认识到有必要换个国家了，因为除杜埃之外，继阿拉斯之后法国让人感觉乏味至极。

我甚至不会把杜埃排除在外，要是没看到城里那座最漂亮的钟楼。你想象一座哥特式塔楼，以石板封顶，塔楼由众多叠置的锥形小窗构成；每个窗户上都竖有风信标，而四角又各有一个小塔楼；钟楼顶端立着一头狮子，用爪子握着一面旗帜；从这有趣、疯狂而灵动的组合之中，忽然传出一组钟声。透过每个小窗户，都可以看到小摆钟在猛烈晃荡，恰似动物口中颤动的舌头。

我画了这座塔楼。看着自己的画作，尽管尚未完工，我似乎仍然可以听到那悦耳的钟声在耳畔飘荡，正如这组小钟楼自然的响声。[……]

康布雷出奇的无聊，这个城市的拉丁名字为 Camaracum。那儿有个开阔而惨淡的广场，坐落着很多亮灯的店铺，它本想自诩皇家宫殿，却看似更像夏特雷广场，只不过更开阔也更丑陋而已。一座古典而丑陋的市政大厅，上面设有巨大的钟表，当地的居民会自豪地指给你看，因为据他们而言，这钟是一位牧羊人所制（即便是飞蛾所造，又与我有什么关系？）。最后是大教堂，看似好比圣雅克教

杜埃城市钟楼
8月14日下午1点半

堂的塔楼叠加在圣托马斯达奎因教堂的大门之上。教堂里到处是人。一切都难看至极［……］

瓦朗西纳丝毫不比康布雷更值得游览。这儿有一座十四世纪修建的钟楼，十分的典雅和庄严。不过，一百年前人们就以厚重的陶立克式[1]圆石掩饰其基座，并用蓝色石料附添世上最为可笑的洛可可式塔顶。这蓝色石块压着青色石料，让整座钟楼有垮塌的风险。所有这些荒谬的做法既可笑又可悲。当地居民还拥有一座奇特的市政大厅，为西班牙风格，建于1612年。对此，他们引以为豪。

看过市政大厅，我又参观了几栋少见的古屋，城内除碉堡以外，也再无其他建筑。沃邦确实让我厌烦，除蔓草丛生之外，我全然看不见那些堡垒。主塔、雉堞和塔楼又在何处？［……］

---

[1] 古希腊柱式主要有三种，分别是陶立克式、爱奥尼式、科林斯式。

ATELIER

II

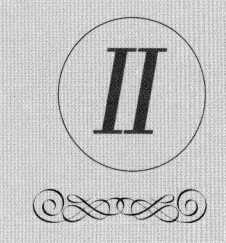

比利时

La Belgique...

布鲁塞尔莱肯门，1870 年 8 月 24 日

布鲁塞尔

1837 年 8 月 18 日

维克多·雨果致阿黛尔的信

我仍待在布鲁塞尔,我的阿黛尔。在等驿车的间隙,我提笔给你写信,估计到鲁汶或马林就能写好。要知道对我来说,通过写信在思想上靠近你,这全然是一种幸福。

我曾答应你再谈下蒙斯,这个城市其实非常奇特。在蒙斯没有一座哥特式钟楼,因为圣沃德吕教堂只有一个不起眼的石构小钟楼;相反,蒙斯城的剪影里却能看到三座钟塔,其风格过于精细和怪异,让人不禁以为置身佛兰德和西班牙的中北部地区。三座当中最高的钟塔,我想大概是在十七世纪末建于当地古城堡原址之上,它的塔顶十分奇特。你想象一个巨大的咖啡壶,在腰身处围着四个小茶壶。如果不是结构宏大,肯定难看至极;它的宏大挽救了它的丑陋。

在这些钟塔周围,又是各式广场和规格不一、弯弯曲曲还时而过窄的街道,两边是高大的砖石房屋,山墙为十五世纪形制,而矫饰门面为十六世纪样式,你会感觉这是佛兰德城市。

蒙斯市政大楼极其引人注目。市政大楼门面非常漂亮,门内尖拱建于十五世纪,那座洛可可式钟楼造型十分奇特。站在广场上,还可以看到另外两座钟楼。

佛兰德港

由于我要凌晨三点出发，为了欣赏月夜下的美景，便彻夜未眠。朗朗星空下，没有什么比这个广场更为奇特迷人，它在各个方面都淋漓尽致展现了十五世纪的多变风格和十八世纪的奢华痕迹；选择在这样的梦幻时分参观的话，没有什么比这些飘渺的建筑更加新颖别致。

安特卫普

1837 年 8 月 22 日

维克多·雨果致阿黛尔的信

［……］我昨天早上十点抵达这里。从那之后，我四处游览，穿梭在大小教堂之间，漫步于各个画廊，从鲁本斯[1]到凡·戴克[2]。实在让人叹为观止，我也累得精疲力竭。除此之外，我还登上了钟楼，总共六百一十六级台阶，高四百六十二尺，可谓继斯特拉斯堡圣母大教堂之后世上最高的尖塔。它不仅是一座宏伟的建筑，更是一颗璀璨的珠宝。一个巨人完全可以住在里面，一个女人更想戴在颈上。

我从那儿俯瞰安特卫普，这座我钟意的哥特式城市以及它的埃斯考河[3]、大海、堡垒和那有名的圣洛朗教堂天窗。远处可见一小片草地，尽头两栋红房子甚是渺小。

这座城市魅力非凡。那些教堂里的绘画，房屋外的雕像，小教堂内鲁本斯的画作，门面上的维尔布鲁根[4]油画，四处洋溢着艺术气息。为了欣赏教堂的正门，

1　鲁本斯（Peter Paul Rubens, 1577—1640），佛兰德画家和雕刻家，作品主要以宗教为主题。
2　凡·戴克（Anthony van Dyck, 1599—1641），比利时画家，生于安特卫普，后成为英国宫廷画家中的领军人物。
3　埃斯考河是法语名，它发源于法国埃纳省，流经比利时和荷兰，所以也有荷兰语名，为"斯海尔德河"。
4　维尔布鲁根（Jan Verbruggen, 1712—1781），比利时画家。

你步步后退，会撞到什么东西，仔细一看是口水井。这口神奇的水井由石头和铁栏围成，上面精雕细刻有各式微型人像。这口井属于谁？属于昆汀·梅茨斯。你只好绕行。这栋正面为文艺复兴风格的宏大建筑有何用？原来是市政大楼。你再往前走两步。是谁绘下这华丽的洛可可门面？原来是鲁本斯。整座城市都是如此。[……]

从利耶到蒂伦豪特，乡野面貌发生了变化；不再有佛兰德那种盎然的绿意；这里已是一片沙滩，一条灰色寂寥的道路，一块稀疏的草地，几片松树林，几丛橡树，几簇欧石南，几个四散的水瓶，不免有些荒芜与生涩，更有几分索洛涅的味道。我在这片沙滩走了四里，除了一位开垦土地的苦修会士之外，什么也没有看到。一位荒凉田野中的苦命劳工！不过，看到他白色的衣袍和黝黑的肩膀，赶着两头牛在劳作，让人心情倍感舒畅。

奥德纳尔德

1837 年 8 月 24 日

维克多·雨果致阿黛尔的信

[……] 从安特卫普到根特，必须穿过埃斯考河。由于河边圩地被淹已有九个月，走水道会更久些，汽船载人所行水道紧接根特公路，由此向南半里便是佛兰德港头镇。你肯定会认为，我在海边散会儿步不会感到气恼。尽管在下雨，我还是站在桥上，听着远处海上传来水手飘渺的歌声，看着安特卫普大教堂的尖顶消隐在雾霭当中。我只能途经根特，但打算参观完图尔奈和库特赖后，从那里再返回根特。

根特是个美丽的城市。根特之于安特卫普，就如卡昂之于鲁昂：犹如一件美好的东西，置于另一件绝妙的东西旁边。而且，我抽空参观了圣巴翁大教堂，当然也登上了塔顶。对我而言，参观一座城市有两种方式，二者可谓相得益彰。首先，是逐条街道、逐个房屋地去细看；其次，是站在钟楼上从高处俯看。通过这种方式，人的头脑中就会浮现出这个城市的面貌。

从圣巴翁大教堂的塔顶望去，也就是说站在两百七十二英尺的高度，而爬到那里得走四百五十个台阶，根特城的哥特式景观尽收眼底，并与安特卫普保存得一样完好。钟楼上有一只巨大的镀金林鸮，顶上设置的小塔楼、天窗和风信标极为有趣。钟楼旁边，坐落着一座古老的灰色教堂，即圣尼各老堂，那近似罗曼风格的门面十分壮观。门面的尖拱高大而庄严，两侧各有一座宏大且带雉堞的塔楼。稍远一点，便是圣弥额尔教堂，正如圣尼各老堂，也只看到半圆形后殿。另有两三座其他的教堂，耸立在远处那群斜屋顶之间。目光移动可见圣雅克大教堂，它带三个尖顶，一个为石块构建，两个由板岩堆砌。在它的旁边是一个漂亮的广场，周围高高的山墙被两栋十四世纪的石建住宅隔断，这些住宅带塔楼和高大的屋顶。广场一边的中间，坐落着佛兰德伯爵的宅邸。这个大广场正是布料市场；此外，还有其他的各色市场、修道院以及弯曲的羊肠岔道，这些岔道由高矮不齐带雉堞的房屋形成，房屋参差交错更是妙趣横生；接着，又是一座宏伟庄严的教堂，主殿以巨顶封盖，教堂建于十四世纪，既无塔楼也无钟楼，这正是多明我会的教堂。正在那时，几名衣着华丽的僧侣正走入教堂，他们的教袍为白色，而肩带为黑色。在我脚下，正是带两个门面的市政大楼，其中一个建于路易十八时期，另一个建于查理八世时期，一个庄严肃穆，另一个喜气盈人。

此外，根特郊外的地平线上是一望无际的草原，而城内许多小桥、流水又穿过那里的房屋。想必你心里对鸟瞰根特已经有所认识。[……]

根特市东的大炮，1837年8月24日

图尔奈

1837 年 8 月 26 日

维克多·雨果致阿黛尔的信

驿车的到来打断了我写信。我是在图尔奈才把它写完。从奥德纳尔德至此的马路两边,简直就是一片无尽的原野,其间点缀着绿树和小河。路的左边,可以看到迷人的山丘,将埃斯考河隐在身后。

图尔奈真是名不虚传,城内到处都是塔楼[1]。仅天主大教堂就有五座钟楼,这是我所见为数不多的一个罗马教堂。教堂之内,有一幅鲁本斯的杰作《最后的审判》,以及一个镀金的银质圣物盒,其外形巨大且上面还嵌着宝石。教堂的两扇侧门为拜占庭风格,样式甚是精美奇特。整座城市十分值得游览一番。

昨晚,圣路易教堂的那座钟楼,罗曼风格精彩绝伦,在彩色灯笼照耀下流光溢彩,那聒噪不安却妙趣横生的钟声对此更是一番评述。阅兵场上比利时枪骑兵的一曲交响乐,又应答着空中回荡的这种喧嚣。所有的吊钟都摆动起来,所有女人也忙碌起来。整座古老的城市都洋溢在节日的喧闹之中,让人耳目欢欣不已。在一条幽深的街道上我漫步许久,看着大教堂五个高耸的尖顶,在灯火辉煌的钟楼映衬下也暗光浮动。

---

[1] 雨果在这里将图尔奈(Tournai)与塔楼(tour)做了个双关。

暴风雨中的古堡，1837 年 8 月 25 日

我想到巴黎的皇家广场，想到我们的朋友，尤其是想到你，我的阿黛尔，以及我们可爱的孩子。啊！今后某一天我们共同经历这些情感时，对我来说那将是最美的一天。请你一定要相信我，我可爱的天使，请爱我吧！我拥吻我的迪迪娜，我的夏尔，还有多多和黛黛[1]。我希望所有人健康幸福，并向你的慈父致以问候。

1　这些分别是雨果长女莱奥波尔迪娜、长子夏尔、次子弗朗索瓦和次女阿黛尔的昵称。

1483

库特赖

1837 年 8 月 27 日

维克多·雨果致阿黛尔的信

[……] 从梅嫩至伊普尔的行程十分惬意。这里到处是景色优美、玲珑小巧的绿色围场,佛拉芒画家尤其钟情于此。接着,马路穿过一片树林,路边不时出现一长排挺拔的意大利杨树,主干上巨大的结眼注视着你们路经此地。我还回折一段兴致盎然地重走了此路。一条路反向来看的话,似乎又是一条全新的路。

伊普尔是我乐意居住的城市。在这里可以看到木屋与砖房相间并存,这在佛兰德和诺曼底实在少见。

这里的市政厅真是个奇观。这是一栋巨大的建筑,它完全占据了皇家广场的一边,而且就风格和外观来说,其宏伟程度毫不逊色。一座文艺复兴时期小巧迷人的公馆优雅地倚靠在这座庄严的十三世纪宫殿旁边。当地的教堂十分漂亮,尤其值得游览一番,内部全是文艺复兴时期的雕像,我在当中还看到鲁本斯雕刻的圣马丁像。此外,城里还可以看到上百栋精美的房屋。[……]

伊普尔的旧房屋,1864 年 10 月 10 日

弗尔内

1837 年 8 月 31 日

维克多·雨果致阿黛尔的信

[……]我正要离开奥斯坦德。奥斯坦德什么也没有,甚至连牡蛎都没有,虽说那里靠着大海。我这么说奥斯坦德,倒是有些忘恩负义。确实太忘恩负义,因为我在奥斯坦德接受了那么多好意,这不仅有来自大海的,也有来自上天的。首先,在我到奥斯坦德前,天刚下了一早晨的雨,我到那时雨戛然而止,阴云随之四散,太阳照晒着沙滩,于是退潮的时候,我就可以在海边散步两个小时。哎!我的多多,竟连一个贝壳也没有,四周是世上最细软的黄沙。我醉心于眼前的这些沙丘。虽说没有布列塔尼的花岗岩和诺曼底的悬崖壮丽,却依然十分漂亮。这里,大海不再汹涌,反而显得凄凉。这可谓是另一种宏伟。傍晚,沙丘在地平线上显出崎岖但庄严的剪影。在这些永远流动的海浪边上,又是一道固定不动的永恒沙浪。

正是漫步在这些沙丘上,才会切实感到那种深沉的和谐,它从形式上将陆地和海洋连为一体:于是海洋成为一片平原,而陆地又成为一片海洋。那些丘冈和山谷如海浪高低起伏,而那绵绵山脉又似固化的海上风暴。

多佛尔城堡，1863 年 8 月 17 日清晨 10 点

旅行笔记
1864 年 8 月 17 日

早上七点半,动身前往布鲁塞尔,途经多佛尔和奥斯坦德。这是经过查塔姆时所见,这个壮丽的主塔遗迹,应该再参观一次。

那天晚上,在富兰克林号上休息时我写了这句诗:

"另一个因遭雷击和啄撕而伟大的普罗米修斯[1]。"

九点到达多佛尔,九点半又转乘从巴黎开往奥斯坦德的比利时汽轮"红宝石"。

清风徐徐,天气明媚,海景美不胜收。一艘螺旋桨汽船驶过,船体在前而蒸汽机和烟囱在后。[……]

1　此处原为一句拉丁文 Alter Prometheus direpto fulmine magnus。

马达在前的汽船，1863 年从多佛尔至奥斯坦德所见
绘于 1871 年 8 月 – 9 月

《莱茵河，致友人书》[第5封]

1842年8月1日

　　8月1日，在中途的一家客栈。

　　济韦是个亮丽的城市，整洁、优雅而好客，地处壮丽的悬崖峭壁脚下，而沙勒蒙堡垒的几何轮廓又多少有损那峭壁的顶峰。济韦城坐落在默兹河两岸，由此分为大、小济韦。人称"金山酒店"的这家客栈，在当地绝对属于上等，虽说客栈十分奇特，以各种方式收纳旅客，而且所供膳食不拘一格。

　　小济韦的钟楼是个石砌尖塔，而大济韦的钟楼其建筑风格更加复杂与精巧。以下所述显然正是建筑师营造它的过程。神勇的建筑师先拿来神父或律师的一顶方帽。在这个方帽之上，他倒放一只色拉碗；以这个碗底为平台，他又叠置一个糖罐；糖罐上面，是一个水瓶；在水瓶上，又是一个太阳，以正下方的放射线为柄；最后，在太阳上面，一只公鸡插入正上方的放射线里。想必他花一天想出其中一个主意，然后得休息七天才是。[……]

济韦大教堂钟楼，1840 年 8 月 30 日

维莱修道院，1862 年 9 月 8 日

瓦尔辛城堡，1863 年 8 月 19 日

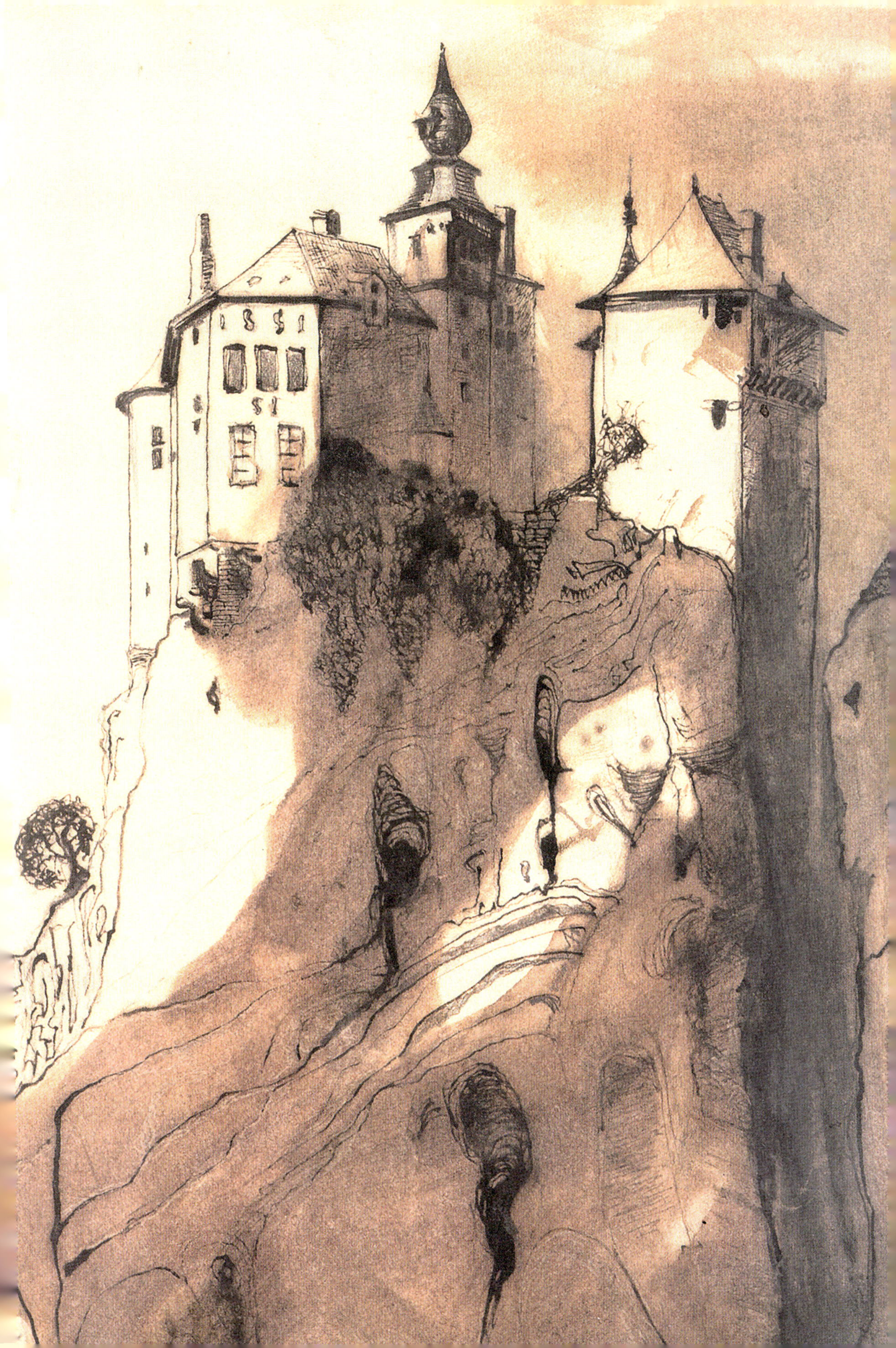

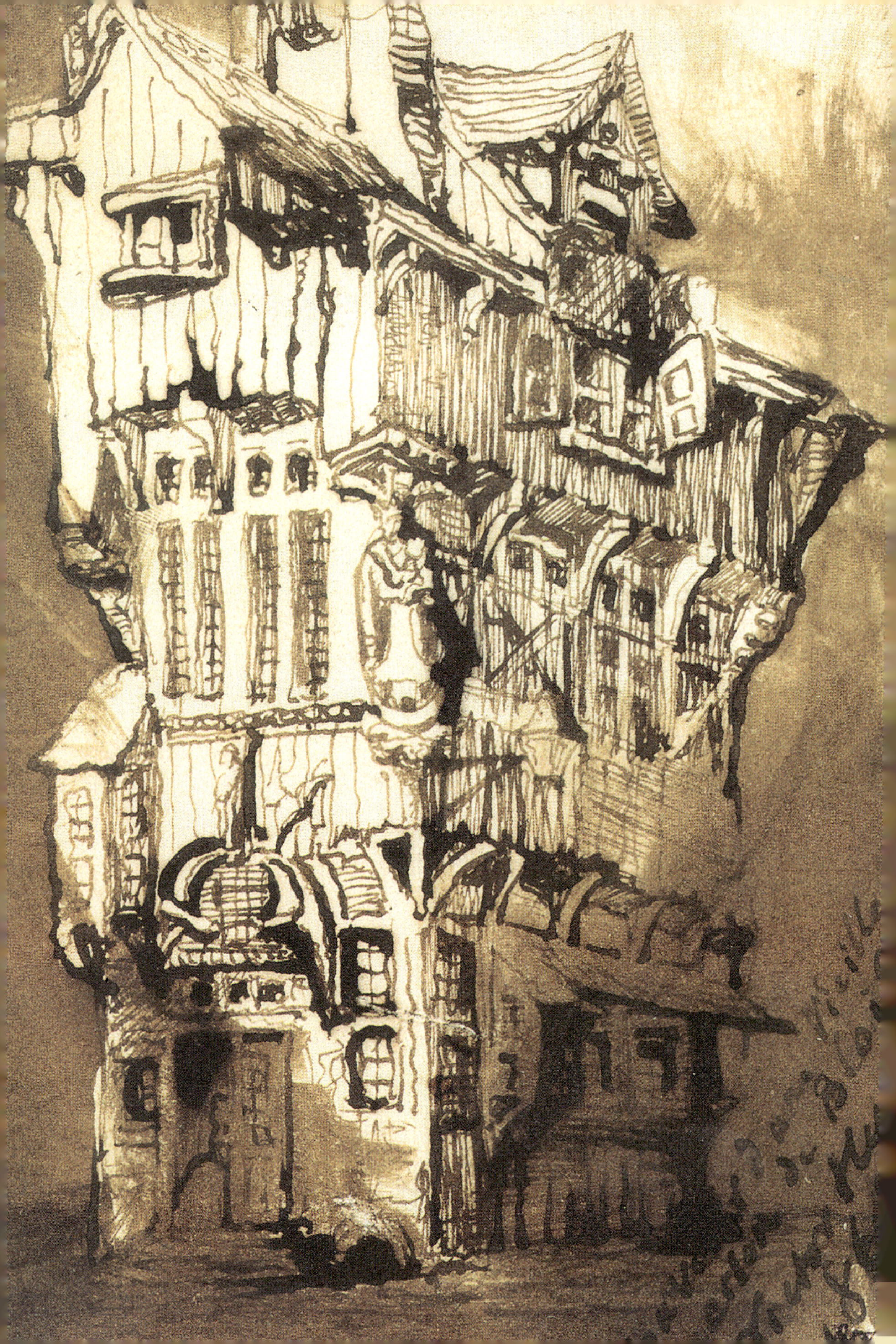

III

- 法国中部

Le Centre…

- 香槟

La Champagne…

- 阿登与洛林

Les Ardennes et la Lorraine…

布卢瓦一栋老房的回忆，1864 年

布卢瓦
1825 年 4 月 28 日

维克多·雨果致阿尔弗雷德·德·维尼[1]的信

我正身处人们所能见到的最有趣的城市,等待着踏上新的旅程。这里的街道和房屋幽暗而丑陋,而当目光转向那美丽的卢瓦河两岸时,一切又被那份喜悦抛置一旁。河的一边是个带花园且已废弃的半圆形剧院,另一边是绿意盎然的平原。每走一步,都是回忆。

我父亲的房屋由白色石块砌成,其绿色遮窗正如让-雅克·卢梭梦想的那样。房子位于两个迷人的花园之间,它地处一座山丘脚下,两侧分别为加斯顿树与圣尼古拉教堂钟楼。其中一座钟楼并未完工,俨然正在化为废墟。在人尚未建成之前,时间已经将它拆除。

---

[1] 阿尔弗雷德·德·维尼(Alfred de Vigny,1797—1863),法国浪漫派诗人、小说家、戏剧家,于 1820 年经人引荐结识雨果。

谢勒的回忆,1845 年

兰斯

1825 年 5 月 28 日

维克多·雨果致阿黛尔的信

昨天,我参观了兰斯大教堂。正如哥特式建筑那样,大教堂十分壮观。那些大门、圆花窗和塔楼,都有一种独特的美感。夏尔和我,我俩在一道门的拱架前驻足细看了一刻钟;要看遍并欣赏这里的一切,得需要一年时间去审视。教堂内部虽经人装饰过,却不如未加粉饰好看。人们将古老的花岗岩涂为蓝色,给庄严的雕像配上金饰和珠宝。然而,人们全然没犯圣德尼大教堂的错误,这些饰物和教堂都为哥特式风格,除科林斯风格的那个宝座外(真是荒唐),其余一切都造型高雅。总体而言,十分赏心悦目。必须对建筑布局深思之后,方可断定人们并未加以充分利用。这正是教堂的现状,其装饰依然宣示着浪漫主义观念的发展。还是六个月之前,人们就将法兰克民族的古老教堂改造成了希腊式庙堂。

旅行笔记
1871年9月24日

我们早上六点钟出发，沿阿登马路行进前往兰斯。途中经过了色当战役[1]遗址，车队长还向我们加以解释。田野里到处是小丘冈，上面种着一簇簇火麻，那都是些坟墓。在默兹省的一个小岛上，埋着一千五百匹马的遗骸，那地方由于草木茂盛而十分显眼。整个乡村气氛阴郁，一派天怒人怨的样子。

地平线上，在一处高地的树丛中，可以看到纪尧姆[2]曾经住过的城堡，而另一处较低的山丘，在另一片树丛中又可以看到波拿巴到此签署投降协议的城堡。那些尖尖的堡顶也清晰可见。队长告诉我们，这座城堡由四个塔楼借助过桥相连。其实，我看到了四座阁楼的尖顶。这两座城堡属于两个兄弟。另外两个兄弟，纪尧姆与波拿巴，他们在此要签订和平协议，却演变成了战争。

不远处，在靠近栋什里的一条马路边上，我们看到一家客栈，波拿巴是在这栋房屋投降，至少队长这么对我们说的。我感觉他弄错了，因为波拿巴是在这家

---

[1] 1870年9月1日，普军和法军在法国东北部城市色当开战，拿破仑三世及多名军官被普军俘虏，由此决定了法国在普法战争中的失利。
[2] 纪尧姆·布律纳（Guillaume Brune，1763—1815），法国将领，于1804年被封为元帅。

兰斯的哥特式教堂，1838年8月27日

客栈与俾斯麦相见，却是在前面的城堡中缴械投降。

我再次目睹梅济耶尔，但并未进城。还是三十年前，我和她在1840年曾参观过。我们再次拜访时，可怜的城市早已被炸得满目疮痍。

深夜三点抵达兰斯后，我们下榻在大教堂广场边上的金狮酒店。我们1840年也正是住在这里。这已是我第四次游览兰斯。第一次是在1825年，我于4月16日来到此地，与拉马丁[1]一道受封法国荣誉军团勋章。当时，我接到国王御笔受邀参加查理十世的加冕礼。我和查尔斯·诺迪埃在一起，由卡耶与阿劳克斯·罗曼陪伴。我们住在剧院经理萨洛米家里，此人是泰勒的朋友。大家一道野营。我几乎算是和漂亮的女演员弗洛维尔小姐共处一间，她是迪蓬谢尔的情妇。

第二次是1838年，我8月11日到此写完《吕布拉斯》[2]；我和她来此旅游

---

1 拉马丁（Alphonse de Lamartine，1790—1869），法国早期浪漫主义诗人、政治家，著有《新沉思录》《诗与宗教的和谐》等。

2 雨果于1838年写的五幕剧。

以修身养性。8月28日，我到了兰斯。我参观了大教堂的尖顶，听到广场上庆祝巴黎伯爵出生的鸣炮声。

第三次是1840年，我坐在驿车上经过大教堂的广场。

1871年的今天，我在暮年再次来到这个曾经目睹我青春的城市，我看到的早已不是法兰西国王加冕的四轮马车，而是一名普鲁士士兵驻守的黑白哨所。

我们四个人在带领下参观了教堂，仍是五十年前让我为之惊叹的世间奇观。不过，冰冷的修缮工作已将时间赋予它的神秘去除了几分。我不知道是哪位愚昧的主教，命人以铁栅栏代替教区的那堵墙，当年紧挨大教堂门面的地方，尚有文艺复兴时期的建筑倚着这堵墙。没有任何东西比这种对照更为有趣。如今，那堵墙早已消失。正是这种考虑不周的修缮让大教堂沦为牺牲品。教堂内部挂着十五与十六世纪的精美帷幔。彩色玻璃窗还是我当初看到的样子，依然光彩夺目。

已成废墟的古堡，根西岛（1857）

《莱茵河，致友人书》[第29封]

斯特拉斯堡，1840年8月

[……] 从马恩河畔的维特利至南希，我正好在白天经过。我没有看到任何令人惊奇的东西，确实乘坐邮车也无法看到任何东西。

马恩河畔的维特利是个洛可可式的战场。圣迪斯亚是一条宽广的大街，两边散布着路易十五时期美丽的石砌房屋。巴勒迪克景色如画，一条欢快的小河流经此地。我猜这是奥尔南河，但也无从靠河系来断定，因为之前我曾走遍布列塔尼，竟还把维莱讷河与库斯农河混为一谈。甚至水神都容易弄错，我也不想和漂着绿色毛发的河流较劲。所以，就当我什么也没说。

[……] 从维特利至圣迪斯亚，风景毫无特色。沿途平坦的山丘全是麦地，眼前尽是棕黄，在这个季节一派凋敝。已经不再有劳动者，不再有收割者，不再有赤足低头的拾麦人，腋下夹着一束麦穗。四处一片荒凉。有时，一位猎人带着猎犬，纹丝不动地站在山冈上，在蓝天下显出一抹剪影。

也看不到任何村庄，它们隐藏在丘冈之间，散布于翠绿的山谷之中，而谷底则几乎总是溪水潺潺。不时还可以看到一座钟楼的末梢。

有一次，钟楼的末梢在我看来非常奇特。山岗绿意盎然，到处是草甸。山冈

从维特利至圣迪斯亚途中所见教堂的塔楼，1839 年 9 月 1 日
引自《莱茵河，致友人书》

之上，看不到任何东西，只有教堂塔楼的锡顶，看似正好置于山丘顶上。这锡顶属于佛拉芒风格（在佛拉芒的乡村教堂，钟楼也正好为吊钟形）。这里，你可以看到这幅景象：在一大片绿色的草甸上，巨人遗落了自己的铃铛。［……］

旅行笔记

1844 年 10 月 2 日

内穆尔不属于山区，但那儿有不少丘陵和溪谷；内穆尔不属于平原，但那里地貌舒缓，地平线尽显静谧；内穆尔并非地处森林，但树木繁多；内穆尔既不靠海也不靠湖，但水系丰富；内穆尔不像海德堡或唐卡维尔有遗弃的宫殿，但那儿有一座十三世纪的古代要塞，带方形塔楼和四周有小塔的小堡，而如今这里已成农场主的居所；母鸡在壕沟里闲荡，鸽子在堞眼里筑巢，就如士兵成为劳力，主塔成为鸽舍一样。这是一条法则，一切古老的事物都归于宁静。内穆尔不像亚眠或沙特尔那样有大教堂，但当地的教堂却是乡间最宏伟的建筑，从它的风格和比例来讲，又甚为罕见且保存完好，人们甚至能说它可以与那些大教堂媲美。内穆尔既不像纽伦堡、鲁昂、维特雷或埃尔纳尼，在古老的街道上林立着带雕饰的房屋，也不像法兰克福或布鲁塞尔，在宏伟的广场周围有哥特式门面；不过，内穆尔的街道、广场和房屋，尽管因为粉刷各种灰浆而略显难看，却保留了中世纪的格局、维度、参差与趣味。

流经内穆尔的鲁应河，水流静如一汪池塘，生机却宛若一条河流；里面鳟鱼成群，灯草生长丰茂，河畔水光潋滟。没有任何一艘汽船来此捕鱼、收割芦苇与

内穆尔城堡的回忆，1843 年

惊扰水面。

　　内穆尔的岩石如枫丹白露，树荫如蒙莫朗西，一座遗址如蒙福尔－阿莫里，一个尖顶犹如圣德尼大教堂，不少磨坊和绍德方丹一样，制革厂似卢维埃，河边的房屋犹如圣戈尔。在别处四散的东西，又在内穆尔汇合起来。只不过这种汇合十分谦和，年代古老却喜气盈人，它既不会让你惊奇，也不会令你厌倦。其中毫无任何恢宏之处，但一切又那么魅力十足。处在满腔抱负、心存忧虑和事务缠身的年龄，内穆尔对你们无话可言，因为这儿太过舒缓、宁静、偏僻和荒凉。来内穆尔的人，要么年轻而热情，像天使那样欢快地在蝴蝶翩跹和鲜花盛开的草地上奔跑；要么年迈而沉思，在那些简屋的门槛上坐着晒太阳，一条宁静的小河又环绕其中。内穆尔既有早年的阳光活力，又有暮年的慈祥平和。在这个地方，可以憧憬人生的开始与人生的落幕。

过去，枫丹白露的森林一直延伸至内穆尔。从词源上来说，内穆尔是"森林附近"[1]的意思。如今，内穆尔地处森林之外。不过，这个城市依然包裹在迷人的风景之中。人们砍伐了树木，却无法扼杀绿意。

当地的教堂始建于十三世纪，竣工于十六世纪，堪称一件令人惊叹的杰作。教堂尖顶位于镂空门廊的上方，门廊由高大的山墙支撑，向后延伸出恢宏的主殿，所带耳堂尚未竣工，周围那群低矮的小教堂，在外围形成众多带小塔楼和尖顶的小城堡，那些间距较大的坚固拱形扶垛又将这些小城堡与主殿紧密相连。整个建筑群从外观来看，十分坚实、简洁、庄严与宏伟，其颜色也和外观同样的漂亮。历经几百年之后，那些墙壁的石块和尖顶的石板尽现和谐。一面巨大的金属钟表盘让钟楼的黑色砂岩更加显眼。尽管教堂内壁被胡乱刮抹，却有几扇珍贵的彩色玻璃窗。教堂后殿的尖顶窗上装的都是十五世纪精美的彩色玻璃。

动笔写下这些文字之后，我再次参观了这座城堡，它也并没我想象的那样具有乡野风情。市政府将城堡租给各类业主，以充分利用它的价值。人们将地窖改成一所监狱，将底层改为舞厅，将第一层改为剧院，这也丝毫不妨碍那些母鸡和鸽子。可怜的囚犯在下面呻吟，提琴在中二层呜咽，歌舞表演在鸽舍旁边开唱，顶楼又是羊毛晾晒间。这种实用至上的做法，它支配着市政议会并将一座古代历史建筑搞成一座无可名状、鱼龙混杂的大厦，其愚蠢当中难道没有什么极度可悲的东西吗？［……］

---

[1] 此处原文是拉丁文 Nemoris vicus，意即"森林附近"。

内穆尔教堂的回忆，1843 年 10 月 2 日

Salinières ; ...

l'avez démoli. ...

que le dernier. ...

de Puiss...

...des que ...

21
juillet

le pron de ...

yes le pavé et à ...

... que tu es dans

IV

法国西南

Le Sud-Ouest de la France...

比利牛斯山与西班牙

Les Pyrénées et l'Espagne...

波尔多，1843 年 7 月 20—21 日

旅行笔记

波尔多，1843 年 7 月 20 日

与卢瓦河相反，人们对波尔多的赞扬实在不够，或至少赞扬不到点上。

人们欣赏波尔多就像欣赏里沃利路[1]那样：整齐、对称、所有白色门面大同小异等等；对精于品鉴的人而言，这意味着这些建筑十分单调，城市乏味无趣。然而，波尔多并非如此。

波尔多是一座奇妙、新颖甚至独特的城市。凡尔赛加上安特卫普，那便是波尔多。

不过说句公道话，我得从这种叠加中去除凡尔赛与安特卫普的两大奇观，即前者的宫殿和后者的教堂。

波尔多有两个城区，新城和老城。

新城如凡尔赛那样，到处洋溢着宏伟气息；老城则像安特卫普，一切又诉说着它的历史。

这些人工喷泉，这些海战纪念柱，这些林荫大道，那位于水边仅有旺多姆广

---

[1] 巴黎最著名的街道之一。

场一半大的皇家广场,那长八分之一古里的大桥,那漂亮的码头,那宽广的街道,那宏大的剧院,这些东西就是凡尔赛宫的辉煌也难以掩盖,即便将其置于那君临世界的宫殿旁边也毫不逊色。

这些错综复杂的交叉路口,这些迷宫般的通道和建筑,这条让人想起当年狼群到市区掠食儿童的狼街,这些过去恶魔经常出没的堡垒让人如此不安,以至1596年国会曾宣布一项决议:对任何闹鬼的房屋,租约应立即废除。那些文艺复兴时期雕刻的青灰色精美门面,饰有栏杆和畸形立柱并涂为蓝色的佛拉芒豪门和扶梯,为纪念福尔诺沃战役[1]而建的精美大门;透过市政厅的那扇大门,可以看见悬挂在镂花拱廊下面的吊钟;哈城那座凄凉炮台的残垣断壁,那些古老的教堂,带双尖塔的圣安德烈教堂;那些圣瑟兰教堂贪嘴的议事司铎,为每年可以得到十二条鳗鱼竟将朗贡城出卖,那被诺曼人焚毁的圣十字教堂,那遭雷击被毁的圣米歇尔教堂;这些古老的门廊、山墙和屋顶,这些化为回忆的楼宇,这些古代的宏伟建筑,全部值得映照在埃斯科河上,正如它们映照在纪龙德河上那样,它们耸立在那些佛拉芒陋屋中间,成为安特卫普大教堂周围最离奇的建筑。

除此之外,我的朋友,还有那船只塞塞的壮丽纪龙德河、在柔和地平线上的翠绿山冈、晴朗的天空以及炽热的太阳,你定会爱上波尔多,即使你只是喝杯水,而不去看那些漂亮的姑娘。[……]

波尔多的双重面貌甚为奇妙,完全是岁月和机遇使然,人们不该肆意破坏这种风貌。然而,亦如人们所言,疯狂地"挖凿"街道并打造"高雅"建筑,正日益侵占更多的领地,并将逐渐把具有历史意义的老城从地表彻底抹去。换句话说,凡尔赛式的波尔多将逐步吞没安特卫普式的波尔多。

---

[1] 由英格兰、神圣罗马帝国、米兰公国、威尼斯共和国构成的神圣联盟与法国国王查理八世于1495年7月6日在帕尔马西南五十公里外的福尔诺沃展开的一场战役,最终以法军被逐出意大利半岛而结束。

波尔多，1843 年 7 月 20 日

　　波尔多人对此可要当心啊！总体而言，安特卫普在艺术、历史和思想方面要比凡尔赛宫更引人注目。凡尔赛宫仅代表了一个人和一个朝代的统治，安特卫普则代表所有的人民和许多个世纪。因此，必须要在两个城区之间保持平衡，并制止两个城区之间的纷争；既要美化新城，也要保护老城。你们曾有一段历史，你们曾是一个国家，要铭记这一点，并永远为此而自豪！

　　没有什么比拆毁建筑更令人沮丧和无能为力。谁毁掉他的房屋，就是毁掉他的家园；谁毁掉他的城市，就是毁掉他的祖国；谁毁掉他的住所，就是毁掉他的名字。在这些古老的石头里，保存着那昔日的荣耀。

旅行笔记

波尔多，1843 年 7 月 27 日

[……]另外，我又想起游览波尔多市圣米歇尔教堂的情景。

当时，我刚走出这座教堂。教堂建于十三世纪，它的正门尤其引人注目；其内有精美的圣母祭台，应由路易十二时代的工匠精雕细刻而成。我望着教堂旁边的钟塔，上面装有一架电报机。从前那里曾有个壮丽的尖塔，高三百尺；如今却成了个塔楼，形态奇妙至极。

那塔尖曾在 1768 年遭雷击倒塌，引起的大火还将教堂屋架烧毁，对不了解此事的人而言，定会对这巨大的塔楼心生疑惑，因为它既像军事又像教会建筑，粗犷犹如一座主塔，从装饰来看又似一座钟楼。高处的拱孔没有挡风披檐。教堂既无吊钟，也无排钟，更无铃铛、钟锤和钟表。塔楼的顶层为八面体结构，每面山墙仍在，却甚是破败，其末端已被截去，像被斩首死亡的尸体。塔楼的长尖拱无窗无棂，犹如被风吹日晒的粗大骨架。这已不再是一个钟楼，这只是一座钟楼的空架。

于是，我独自待在院子里，院内栽着几棵树木，唯有钟楼孤零零地耸立着。这个院子是一个旧墓园。

波尔多圣米歇尔塔，1843 年 7 月 21 日

    尽管阳光炙人，我仍静静看着这座阴郁而恢宏的古宅，我试着从它的建筑样式上解读它的历史，并从它的疮痍之中体会它的沧桑。要知道，一座建筑就像一个人那样让我兴致盎然。对我而言，从某种程度上这确实像是一个人，而我正在试图了解他的人生际遇。[……]

旅行笔记
巴约讷，1843 年 7 月 27 日

对于巴约讷，我对你可说的很少。这座城市地理位置极佳，位于绿意葱茏的丘陵中央，尼夫河与阿杜尔河交汇于此，形成纪龙德河支流。不过，在这个欢快的城市和这个美丽的地方，理应得有一座城堡才是。

从防御来说虽然如此，但对景观而言甚是不幸。我之前已经说过一次，这里不禁再说一遍：那简直是人们挖凿的弯曲凄凉峡谷！那带有陡坡以及护墙的丑陋山丘！这是沃邦[1]的一件杰作。即便如此，沃邦的杰作也定然有损于上帝的杰作。

巴约讷大教堂是一座十四世纪的美丽教堂，为青灰色，饱经风雨侵袭。我还从未在其他任何地方看到，尖拱内窗棂的线条如此丰富和多变。十四世纪的坚毅与十五世纪的幻想混为一体，而毫无僵化之嫌。教堂内点缀着一些美丽的彩色玻璃，几乎全部产于十六世纪。在大门的右侧，我仔细欣赏了一个小窗孔，设计中精巧地融合了圆窗花叶造型。这些门都有一个显著的特征，黑色宽木板

---

[1] 沃邦（Sébastien Vauban，1633—1707），法国军事工程师，1703 年晋升元帅，一生修建过很多要塞，并指挥过围攻战。

Bayonne. le château vieux. 26 juillet. 2 h. après midi. ciel gris.

巴约讷古老的城堡
1843年7月26日下午2点，天色阴暗

上散布着大号门钉，并因一个镀金门钹而更加显眼。这门钹仅剩一个，形制之精细又属拜占庭风格。

在教堂南面紧挨着一个建于同时代的宽敞回廊，目前人们正在对其进行精心修缮，过去它与祭坛之间有扇豪华的大门，如今已砌上墙并以石灰粉刷为白色，上面的装饰和雕像以其宏大的风格，令人不禁想起亚眠、兰斯和沙特尔大教堂。

Victor Hugo
Guernesey. 1858

SOUVENIR D'ESPAGNE

从巴约讷到圣塞巴斯蒂安

（入境西班牙）

　　清晨——日出。迷人的道路在高原上延伸，右边是比亚里茨。天边是大海，近处有一座山，再近是一片碧绿的盐碱沼泽。一个全身光着的孩子在水边饮牛。

　　景色美不胜收，蓝色的天，蓝色的海，阳光灿烂。在山冈顶端，一头驴子注视着眼前的一切，"那悠闲自得犹如古代一位挥墨的文士。"

西班牙回忆，根西岛，1843 年

旅行笔记
圣塞巴斯蒂安，1843 年 7 月 30 日

古老的教堂旁边古老的椴树，

蓝天下伸出斜长的金色树干，

似乎要在微风中去拥抱教堂，

我内心早已充满无尽的陶醉，

因为在沉思中我已亲眼目睹，

大自然对上帝那庄严的爱抚。

Mon ami, ce

St Sébastien – août

Savez-vous où
vous? je ne le sais en
mais suis-je
dans le presqu'île. Le
Borel. on est à pied
ce sous les vieilles
femmes ont la maraille
la question ou de pau
empêche pas d'ailleurs

圣塞巴斯蒂安－古老的灯塔，1843 年 8 月 2 日

旅行笔记
圣塞巴斯蒂安，1843 年 8 月 2 日

　　我在西班牙，至少可以说，一只脚已经踏入西班牙的地界。这是一个诗人与私贩并存的国度。大自然神奇至极，那荒芜正适合幻想家，而那崎岖正适合盗贼。一座山峰屹立在大海中。所有的房屋上都有炮弹的痕迹，所有的山岩上都有风暴的痕迹，所有的衣服上都有跳蚤的痕迹。这就是圣塞巴斯蒂安。

　　但我是在西班牙吗？圣塞巴斯蒂安与西班牙相连，就像西班牙与欧洲相连一样，都借一条长长的地峡实现。这是一个半岛中的半岛，而且这儿也像其他事物一样，城市面貌决定着人们的精神状态。住在圣塞巴斯蒂安的人几乎不算是西班牙人，他们是巴斯克人。[……]

旅行笔记

帕萨亚，1843 年 8 月

[……]此起彼伏的翠绿山峦巍然屹立在蓝天之下；在这些山峰的脚下，一排排房屋前后成列；所有这些房屋都漆成白色、藏红或绿色，它们红色的瓦顶向外延伸，罩住两三层高的宽阔阳台；这些阳台上飘动着各种东西，有晾晒的衣服，还有网兜和红黄蓝各色碎布；在这些房屋的脚下是大海；我的右面，有一座白色的教堂；我的左前方，在另一座山脚下又是一排带阳台的房屋，它们与一座业已拆除的旧塔相连；各种各样的轮船和大小不一的游艇，有些整齐地停泊在房屋前，有些锚定在塔楼下面，有些在海湾里航行；在这些轮船上，在这座塔楼上，在这些房间里，在这些碎布上，在这座教堂里，在这些山峰上，在这片天空中，有一种生活、一种运动、一个太阳、一片蓝天、一种氛围与一种欢乐无以言表；这就是我眼中见到的景色。

这个地方壮丽而迷人，正如兼具欢快与崇高双重特征的万物那样；此处可谓我所见最美的荒地，任何游人还尚未涉足这里；那不起眼的一隅山水若在瑞士肯定会得到赞美，若是在意大利肯定会四处扬名，只因在吉普斯夸[1]而不为人知；我不知道要去何方，更不知道身在何方，但偶然所至的这处人间仙境，它在西班牙语中为 Pasages，在法语里意为"通道"。

退潮的时候，海湾有一半地方是干的，由此使圣塞巴斯蒂安与海湾相隔，而圣塞巴斯蒂安本身几乎又与世界相隔。涨潮时，"通道"得以恢复，因此得名。[……]

1　西班牙北部的一个省份。

旅行笔记
帕萨亚，1843年8月6日

当人们在海边沉睡，

耳畔荡起脉脉柔情；

那是风卷起海浪的声音，

那是浪拍打沙滩的声音；

人们穿过梦乡听到，

远方水手们的歌唱。

过去帕萨亚的街巷，1843年8月4日傍晚6点半

旅行笔记

潘普洛纳，1843年8月11日

　　我现在潘普洛纳，简直难以形容自己的感受。我从未参观过这个城市，却似乎认识这里的每一条街道、每一座房屋、每一扇门。我童年时见过的西班牙，仿佛在此都又浮现在眼前。从那天我听见第一辆牛车驶过，我的人生一晃三十年已逝；我又变成一个孩子，一个小法国人、小家伙、法国小孩，从前人家就这样叫我。在我心中沉眠的所有景象又苏醒过来，在我的记忆中重新显现、涌动。我曾经以为它早已消失得无影无踪，可现在却比往日更加闪闪发光。这才是真正的西班牙。我看到带有拱廊的广场，石子镶成图案的街道，带遮阳篷的露台，色彩艳丽的房屋，我不禁怦然心动。

潘普洛纳，高塔，1843 年 8 月 11 日

旅行笔记
潘普洛纳，1843 年 8 月 12 日

[……] 潘普洛纳这个城市拥有的比我们所期许的要多。从远处看你定会摇头，竟不见任何宏伟的外观；但当你步入城中，你对它的印象就会发生改变。走在街道上，每一步都让你兴致盎然；站在城墙上，你更是心醉不已。

景色着实壮丽。自然形成的这片圆形平原，宛如一个马戏团帐篷，周围群山环绕。在这片平原的中心，人们建起一座城市，这便是潘普洛纳。

有些人根据其古名潘普隆，认为它是个巴斯克城市；另有人根据建城者庞贝这个名字，认为它是个罗马城市。如今，潘普洛纳是一座纳瓦拉城市，而埃夫勒宅邸却让它看似一座哥特式城市，那奥地利房屋又令它形如一座卡斯蒂利亚城市，灿烂的阳光又使之胜似一座东方城市。城市周围，那些山峦一派光秃，郊外平原甚是干旱。欢快的阿尔加河滋泽着几株杨树。从平原到山峰之间延绵起伏的山冈上，到处都是普桑[1]的杰作。这不仅是一片广袤的平原，更是一幅壮丽的风景。

从近处看，城市风采依旧。街边的黑色房屋因油漆、阳台和窗帘而灵动，一切显得欢快而庄重。

一座壮丽的砖砌方形塔楼，线条极为简洁、高雅，正对着绿树环绕的散步广场。这座十三世纪的塔楼带有阿拉伯风格，正如德国和伦巴第的建筑带有拜占庭风格一样。一扇腓力四世时期风格的大门，豪华地安装在塔楼内部，倘无这扇大门的话，塔楼多少就有些寒酸了。这扇门没有丝毫的花哨与矫饰，立在那里平添几分福祉。大门看似洛可可风格，却建造于文艺复兴时期。

此外，正如西班牙产的一切东西，西班牙的洛可可也有些落后；它引入十六世纪矮小的立柱和繁复的门面裂纹——这种亨利二世时期的优雅风格，并将其保存至十七世纪并持续到十八世纪。这种文艺复兴时期的样式里面混杂着菊苣花纹和洛可可花纹，赋予了卡斯蒂利亚的洛可可风格一种无以言表的特色，其中高贵与多变并存一体。

这座宏伟的塔楼是一块岩石，与岩石紧挨的古老教堂业已消失。是谁将它毁灭？难道不是在潘普洛纳多次遭到围攻时被付之一炬？？［……］

---

[1] 普桑（Nicolas Poussin，1594—1665），法国17世纪巴洛克时期的重要画家，画风静穆而崇高。

吕兹的废墟，1843 年 8 月 25 日
绘于维克多·雨果写致女儿莱奥波尔迪娜信件的背面

圣让德吕兹
8月25日

维克多·雨果致莱奥波尔迪娜的信

我的迪迪娜：

我亲爱的女儿，我是在山中旅游的那天给你母亲写信。我在寄的这封信背面随手绘了一小幅画，以便让你对我这些天看到的景色有所了解。我感觉这里的景色非常美丽，而且如果我和你一起欣赏的话，亲爱的孩子，我认为还会更加美丽。让你惊讶的是，山脚下的那片废墟其实并非是废墟，而是一块岩石。比利牛斯山到处怪石嶙峋，看似犹如坍塌的房屋。你在山峰间隙看到的两处白色三角区都是积雪。在比利牛斯山有些地方，尤其在维涅马尔峰[1]附近，白雪茫茫犹如浩瀚的海洋。

我在做温泉治疗，但我的眼睛总是生病。我确实伏案工作太久，我可以就此事谈个不停。不过，这是我的人生。工作，就是我可以照顾你们所有人。

现在，你有两个夏尔[2]，肯定非常高兴。不久，父亲也会到你身边。因此，愿你继续发旺、欢笑、健康！绽放吧！我的孩子，你正当这个年龄。

我委托你的母亲向勒费弗夫人与勒尼奥先生致以问候。此外，我也深深地拥抱你的夏尔和你。

现在给我写信，请寄往拉罗谢尔，并注明留局自取。

也提醒你的好母亲，她有点漫不经心，从今以后给我写信要寄往拉罗谢尔。

---

1 维涅马尔峰（Vignemale），比利牛斯山脉的一个山峰，海拔3298米。
2 这里指雨果的儿子夏尔·雨果与女婿夏尔·瓦克里；后者与雨果的女儿莱奥波尔迪娜于1843年2月15日结婚，但不幸在勒阿弗尔度假时于1843年9月4日双双溺亡。

西班牙回忆，1850 年

西班牙回忆

东方人

西班牙所有城市，

散布于乡野之间，

那有林立的山峰。

每个城都有城堡，

任凭不诚的双手，

那鸣钟毫不作响。

城里所有的教堂，

都有旋梯式钟楼。

此与彼－比利牛斯山，1843 年 8 月 14 日－8 月 15 日－8 月 16 日－8 月 17 日－8 月 18 日

旅行笔记
从巴约讷到波城,1843 年

凌晨四点。马车顶层——迷雾——辽阔的平原——耀眼的晨光。一片弥漫的雾气说明,右边是波河的激流。正午时分,只看到比利牛斯山在天边现出几道白色的条纹,像一条天蓝色的长裙被刮破后露出的白色纬纱。[……]

波城。城堡。只见三四间草草修缮的厅室,里面的陈设却十分精美。[……]

波城。愉悦、欢快、整洁的城市。修缮的痕迹有点过重,故而丧失了历史氛围。只有穿城而过的古渠依然保留着安托万·德·波旁时期的面貌。那些石板砌成的老屋,每一层都显出十五世纪石构建筑独特而奇异的风格。

从我窗外看到的安德纳赫,莱茵河畔,1840 年 9 月 10 日下午 4 点,为我的心上人所绘

V

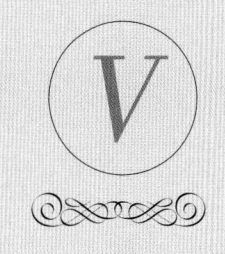

莱茵河

Le Rhin...

《莱茵河，致友人书》[第13封]

安德纳赫，1840年

  我正在莱茵河畔从安德纳赫给你写信，我在此逗留已有三天。安德纳赫过去为古罗马辖区，后来成为哥特城镇并延续至今。从窗外望去，景色实在迷人。我站在一座高大的山丘脚下，只瞥见一方狭窄的天空，面前屹立着一座十三世纪的漂亮塔楼，从顶端又冒出一座更小的八角塔楼，为八面锥顶结构，如此奇妙的组合我倒还是前所未见。我的右面，透过眼前的树木，莱茵河与洛伊特尔斯多夫美丽的白色村庄若隐若现；我的左面，一座十一世纪的壮丽教堂带有四个拜占庭时期的钟楼，其中两个位于正门，两个位于后殿。正门的那两个粗大钟楼，外观参差奇特，却十分高大；这些方形塔楼之上是四面三角形山墙，在塔楼的间隙有四块菱形石板，在顶端相交并形成塔尖。在我的窗下，母鸡、儿童和鸭子其乐融融，叽叽喳喳乱叫一片。远处那边，农民们正在采摘葡萄。此外，对于我所住这间房屋的装饰者而言，这番美景似乎全然不能满足他的品位，因为在我的窗户旁边，他又挂起另一幅画作相匹配；这幅画再现的是放在地上的两个高大烛台，并以"巴黎景观"为题。等低下头时，我发现这其实是王座的栏杆，两者的确十分相似。

莱茵河上的晨雾,1850 年

《绿色画册》中有关"黑森林"的记述

1840 年

在我还是孩子时,"黑森林"这个词在我的内心会唤起童年所喜爱的各种想法中的一个。我想象着一片巨大的森林,密不透风,阴森可怕,林间晦暗至极,雾气弥漫,在高大的树木下面,崎岖的小径穿过茂密的草丛,里面潜藏着无数的蛇蝎;到处是半露在地表上盘根错节的树根,犹如成簇窜动的毒蛇;那布满尖刺的险恶枝干,那错杂缠结的可怕藤蔓,犹如墨丝浮现在晦暗的天际,并在各处绘出魔鬼那难解的字迹;灰林鸮蹲在黑色丛林中一动不动的剪影;树荫中火红的眼睛在闪动,犹如地狱墙面的孔洞;时而是阿尔布雷希特·丢勒的凄凉森林,时而又是萨尔瓦多·罗萨[1]的恐怖森林;时而是毛骨悚然的声响,时而又是可怕至极的寂静;猫头鹰的哑叫,耳鸮的啸鸣,坟墓死寂般的静谧;在白天,只有暗淡的微光;在夜晚,是可怕的黑暗,天上几颗星星仿佛受惊的瞳孔,浮现在树木的间隙或月下树梢的空当。

此外,我梦幻中的森林,其树木既不是冷杉、榆树,也不是橡树,而是各种树木。

后来,当一丝真实的生活开始进入我的想象,并与这些虚幻融合起来,就已不再是"黑森林",而是"暗森林"。其中的有些地方,依然阴森可怕,但有一缕阳光洒在幽深的林间空地,并透过巨大的树干隐约可见。在这些空地上,鹿群

---

[1] 萨尔瓦多·罗萨(Salvator Rosa,1615—1673),意大利巴洛克时期诗人和创新派画家,画风中漫布忧郁的诗篇。

黑森林的回忆，1850 年

胆战心惊地由此经过，银色的溪水穿流其间，淌过一片碧绿的草地，仙子深夜纷至沓来濯足溪边。这些树木叶子特征明显，俨然已成巨大的橡树。在这些无可名状的神奇枝叶下面，游走着一些身影、幻象、鬼魅，时而迷人难挡，时而令人生畏。那是公爵夫人奥蒂利亚，或女修道院院长玛格丽塔，或是严厉的赫尔曼一世、十一世纪弗莱堡的那位莱茵伯爵，他步伐庄严，头戴钢盔，留着长胡子，穿着白色的长袍和黑色的圣衣，一手持杖，一手拿书；又或是古老的贝托尔德、布赖斯高封建贵族、施瓦本公爵、维罗纳与巴登侯爵，他全副铠甲，正在摇动趴在爵旗上的一头雄狮，或者年轻的巴登的雅各布一世[1]，头戴钢盔在树下行走，头上正长出两只鹿角；或是自由射手[2]与他的魔鬼，或是施德汉纳斯[3]与他的匪徒。正如你所见，这依然是一片宜居的黑森林。然而，我在里面看到一些樵夫，并听到斧子砍伐的声音。我幻想的第二个黑森林，它显然处在地狱的一片高地，且比第一个与天空的距离更近些。

1　一位有着深厚宗教信仰的人，以创建教堂而闻名。
2　此处的"自由射手"指德国作曲家卡尔·冯·韦歌剧《自由射手》中的人物。
3　施德汉纳斯（Schinderhannes，1778—1803），德国有名的罪犯。

《莱茵河，致友人书》[第 14 封]

圣戈尔，1842 年 8 月 17 日

你知道我常对你说，我喜爱江河。江河既可载运船物，也能传播思想。一切在造化之中都有各自的神奇角色。江河像一口巨型喇叭，对着海洋歌颂大地的美景、田野的庄稼、城市的繁华以及人类的荣耀。

我曾对你说，在所有的江河之中，我最喜欢莱茵河。我第一次见到这条河，是一年前在凯尔经过浮桥的时候。当时夜幕已降，马车缓慢前行。在通过这条古老的河流时，一种敬仰之情油然而生，让我至今记忆犹新。很久以来，我一直想目睹这条河流。每当与这些自然的伟物同时也是历史的伟物接触，或宁说与它们心心相印时，我无不深受感动。此外，那些极不协调的事物，不知为何在我看来却呈现一种无名的亲近与和谐。我的朋友，你还记得汇入罗讷河的瓦尔瑟里讷河吗？1825 年，在那次愉快的瑞士之行中，我们曾一同观赏过，可谓我一生当中印象最深的一次旅行。那时，我们都只有二十岁。你还记得罗讷河是如何狂啸怒吼着泄入深渊，而那柔弱的木桥在我们脚下颤栗摇晃吗？从那时起，罗讷河在我的脑海中便是一只猛虎，而莱茵河则是一头雄狮。

那天晚上，当我第一次看到莱茵河，这种想法自此从未改变。我久久凝视着这条骄傲而高贵的河流，它激荡而不疯狂，原始却威严。当我过河时，正值河水

赖兴贝格
1840 年 8 月 27 日傍晚 5 点

满涨，壮观至极。它用褐色的鬣毛拍抚着船舷，布瓦洛[1]则称之为"泥黄的胡须"。两岸隐没在黄昏之中，水流发出强劲而平和的咆哮。从它身上，我仿佛感受到大海的雄姿。

是的！我的朋友，这是一条高贵的河流，它历经封建、共和与帝国时代，是法德两国当之无愧的骄傲。在这条如勇士豪迈又似哲人深沉的河流中，整个欧洲的历史以两大面貌特征浮现出来，它体现在让法国欢腾的壮丽波涛中，更体现在让德国沉思的雄浑之声里。

莱茵河集万千容貌于一身。它像罗讷河一样水流湍急，像卢瓦河一样雄浑宽广，像默兹河一样峭壁夹岸，像塞纳河一样迂回曲折，像索姆河一样绿水悠悠，像台伯河一样历史弥久，像多瑙河一样雍容华贵，像尼罗河一样神秘莫测，像美洲河流一样波光闪烁，又像亚洲河流一样蕴含着寓言与幽灵。

---

1 布瓦洛（Nicolas Boileau，1636—1711），法国诗人、文学理论家，因著有《诗的艺术》而被视为古典主义代表。

《莱茵河，致友人书》[第15封]

圣戈尔，1842年8月17日

　　我们已在莱茵河溯流而上几个小时。突然之间，不知何故，西南边风起云动，维吉尔和贺拉斯笔下那"温暖的西风"（这里称为"热风"），在康斯坦茨湖表面卷起可怕的风暴，霎时之间将我们头顶上方的乌云撕开，像个孩子那样欢快地从天空各个方向撒下雨滴。几分钟之后，天上无边的蓝色穹顶又再度出现，并由天际的四角支撑着，正午炙热的太阳更让所有的旅客都逆行来到甲板上。

　　在我们行进的途中，到处是葡萄藤和橡树，河右岸出现一个风景如画的古老村庄，名叫费尔米歇。当地罗马时期的钟楼，如今遭到了愚蠢的改造和修缮，几年前两侧建起四所岗哨小塔楼，正如罗马城堡指挥官的军事塔楼那样。在费尔米歇上面，一片熔岩滩几乎是拔地而起。在这个火山圆丘上，有一座已成废墟的壮丽封建堡垒。莱茵河岸边，一群年轻的洗衣妇女一边絮叨，一边在阳光下捶搓衣服。

　　在这河岸的吸引下，我离船上岸。我发现费尔米歇的这片废墟要算莱茵河畔最不为人知且游人最少的地方。对游客而言，废墟很难接近，甚至有些危险。对农民而言，此地不仅鬼怪出没，而且盛传恐怖故事。这里始终有鬼火出现，白天隐藏在深深的地下，也只有夜里才会在那座高大的圆形塔顶上浮现。这座高大的塔楼，其实是一口巨大的水井在地面上的延伸建筑，它地下部分要比莱茵河水位还低，不过如今已被土填上。费尔米歇的领主名为费尔肯斯坦，在传说中注定是个悲剧式人物，他生活在十四世纪，曾执迷不悟地派人将在他看来善良的行人和仆从投入这口井中。如今，占据这座城堡的皆为冤鬼。当时，费尔米歇的钟楼里，有一口美因茨主教温弗莱德在公元 740 年赠予并祈福的银钟，这一年正值君士坦丁六世任罗马与君士坦丁堡的皇帝，异教徒国王马西利斯在西班牙管辖着四个王国，同时国王克洛泰尔执政法国，此人后来曾被第九十四任教皇撒迦利亚三次革除教籍。人们从来不敲这口银钟，除非当费尔米歇的领主病重或者命悬一线需要举行为期三天的赎罪祈祷。然而，费尔肯斯坦既不信上帝，也不信魔鬼，由于需要钱财，他想得到这只漂亮的银钟。他从钟楼将它取下，然后带回自己的主塔。费尔米歇的神父甚为激动，他穿着祭披圣带来到领主的宅邸，前面还有两个唱诗班男孩手持十字架引路，目的就是要索回银钟。费尔肯斯坦开始大笑，并对他大叫："你想要回银钟？好！你会得到的，它以后再也不会离开你。"说完这话，他将神父投入塔楼的水井，后者脖子上还系着银钟。后来，城堡指挥官下令，派人以石块填井，在神父和银钟之上，水井深六十多米。几天之后，费尔肯斯坦突然病倒。等那天夜幕降临时，守在指挥官旁边的占星师和医生听到地下深处传来银钟的声响，个个都惊惧不已。次日，费尔肯斯坦病逝。从那时起，当城堡指挥官忌日又至，正好在 1 月 18 日圣伯多禄定圣座于罗马庆节的夜晚，人们便可以清晰地听到银钟在地下发出的声响。这是其中的一个故事。此外，邻近的山峰的另一侧顶住费尔米歇的湍流，而整个山体还是一位远古巨人的坟墓。充满想象力的人们理所当然地在这些火山中看见了自然的巨大熔炉，只要看到山峰冒烟，就会以为那里居住着独眼巨人，于是所有的火山都有各自的波吕斐摩斯[1]。

---

1 独眼巨人中非常出名的一个，在《奥德赛》中，差点吃掉了奥德修斯。

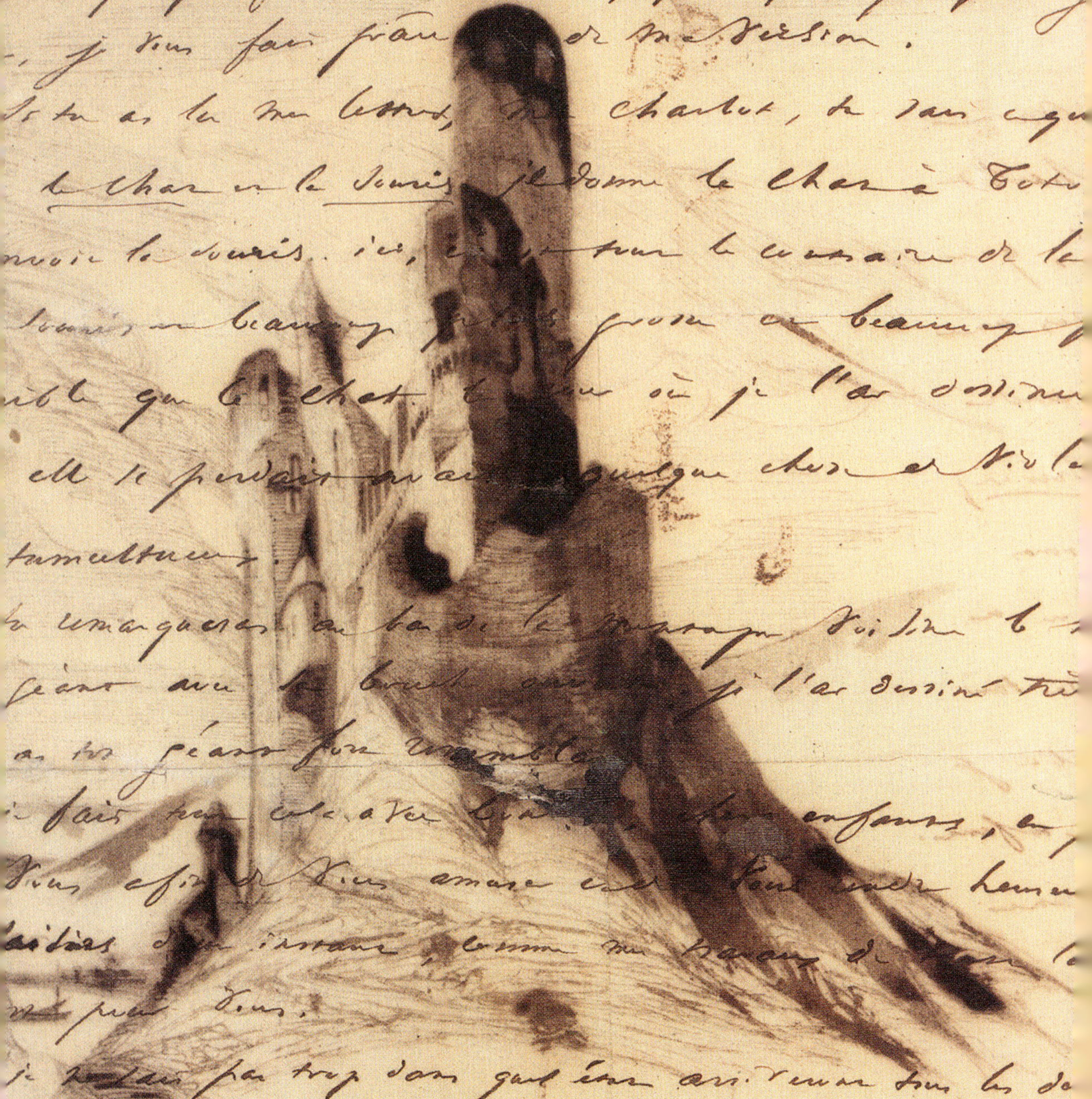

"老鼠"(费尔米歇),1840 年 9 月,为我的夏尔而作
此画绘于维克多·雨果致儿子夏尔一封信的正面,1840 年 10 月 1 日

"老鼠"(费尔米歇),信的背面

于是，我朝那片废墟攀爬进发，心里不时思索着费尔肯斯坦和巨人的传说。我要告诉你，村里的孩子们首先指出了一条最佳小径，为了答谢，我让孩子们从我的钱包里拿走他们想要的一切。远方的人们使用的这些银币和铜币，比如泰勒和芬尼[1]，都是世间最为神奇也最难以理解的事情；对我而言，我全然不能理解普鲁士人在乌比恩地区发行的这类粗制硬币。

其实，小径十分崎岖，但并不危险，除非人容易眩晕，或者在大雨之后，地面和岩石变得很滑。此外，这片受到诅咒且令人胆寒的废墟，与莱茵河其他的废墟相比，具有人迹罕至的优势。攀爬过程中，没有任何官员跟随你，没有任何幽灵逼你喝酒，没有任何一道上闩或上锁的门会在半山腰拦住你的去路。我们往上爬，顺着不时出现的古老玄武岩阶梯攀登；我抓住荆棘和草丛，既没人来帮助你，也没人来妨碍你。二十分钟之后，我站到了山顶，来到废墟的入口。就在那儿，我转身，在入堡之前稍作休息。在我身后，一扇边门化为形态不定的狭缝，而下面的阶梯则延伸为草坡。在我的前方，是一片无垠的乡野，几乎由同心圆扇区构成，毫无冷寂之感；在我的脚下，村庄围着钟楼；村庄周围，莱茵河迂折回转；在莱茵河周围，山峰层峦叠嶂，不时又与远处的主塔和古堡交相辉映；在那群山之上，又是蔚蓝色的天穹。

缓过一口气后，我从边门进入城堡，并开始攀爬长有草皮的狭窄斜坡。正在那时，开裂的堡垒在我看来非常破败，外观十分可怕与荒芜，我敢说自己丝毫不会惊讶，如果从那些常春藤后面走出什么幽灵，用围裙兜着奇怪的花卉，比如"红胡子"的未婚妻吉拉，或查理曼大帝的妻子希拉德戈德，这位贤淑的皇后深谙药草和矿物的奇效，她曾漫步山间采摘草药。当我注视着这些北方的高墙，心中隐

---

[1] 泰勒为15世纪出现的古银币，19世纪前曾是日耳曼地区的通用货币；芬尼为以前德国使用的铜币，相当于1马克的百分之一。

约有种说不出的冲动，希望看到从岩石间突然进出一些"北方到处都有的"精灵，正如地精对赛恩的库诺[1]所说，或如三个矮个老婆婆所唱的传说中可怕的歌谣：

> 在巨人的坟头，
>
> 我采了三根荨麻；
>
> 它们化为丝线，
>
> 妹妹，请收下这礼物。

不过，我只得抽身离开，什么也没看到，仅听到一只乌鸫讽刺十足的鸣叫，我不晓得这只鸟栖息在岩间何处。[……]

我忘了对你说，这片巨大的废墟名为"老鼠"（Mause），其中的缘由如下所述。

在十二世纪，这里只有一个小镇，虽始终有人把守，却时常遭到半里之外一座城堡的扰掠，这城堡人们称为"猫堡"（Katz），正好是领主姓氏"卡岑奈伦博根"(Katzenellenbogen) 的简称。后来，费尔米歇这个凋敝的城镇落到费尔肯斯坦手中，他命人将古堡夷为平地后又在原址建起一座比邻近城堡更高大的城堡，并且宣称"从今往后，老鼠要吃猫"。

这的确在理。如今，虽说"老鼠"已经坍塌，却依然邪恶凶险且令人生畏，过去老鼠出洞时全副武装且活力十足，从腰间这熔岩和玄武岩来看，这座死火山以其精华抚育老鼠时似乎甚是骄傲。我感觉还从未有人胆敢嘲笑养育这只老鼠的山峰。

我待在这栋陋厦，直到夕阳西下，正是鬼魅和幽灵出没的时间。朋友，我似乎又成了一名快乐的小学生。我四处游走攀爬，翻动大块的石头，采食野生桑葚；我四处惊扰，试着将神秘生灵从幽暗的居所赶出。我信步走动践踏草丛，似乎闻到这片废墟植被里隐约有一股浓烈的气味，而我童年又是多么喜欢这气味。[……]

---

[1] 此处可能指库诺二世，德国神学家。

《莱茵河，致友人书》[第18封]

洛尔希，1842 年 8 月 27 日

目前，我身处世上最漂亮、最质朴也最不为人知的古老城市。我像是住在伦勃朗创作的室内，窗户上挂着鸟笼，天花板和房间拐角安装了奇特灯笼，一缕光线徐徐攀上旋转楼梯。一位年长的妇女摇着一架脚踏纺车，在暗处此起彼伏地咕噜作响。

我在巴哈拉赫待了三天，在莱茵河畔已将圣迹区[1]抛之脑后，这要得益于伏尔泰式的品位，得益于法国大革命，得益于路易十四的战役，得益于 1797 年和 1805 年的炮战，得益于优雅贤明的建筑师将房屋设计成五斗柜和写字台的形状。巴哈拉赫可谓是我一生所见最古老的人类居所。听说有一位巨人是旧货商，意欲在莱茵河岸开商店，他以一座山作为货架，根据巨人的品位从上到下布置，摆出一堆巨大的古玩，这甚至从莱茵河底就已开始。在与水面齐平的地方，有些人说有一块火山岩，另有人说是凯尔特石柱，还有人说是古罗马祭台，人们称之为"酒神台"。在河边，两三艘船的废旧甲舱已一分为二立在地上充作渔夫们的棚屋；在这些棚屋的后面，有一道带雉堞的围墙，由四座天底下最破败的方形塔楼支撑，

---

1 乞丐聚集地的旧称，他们外出装病乞讨，回到此地就痊愈，此区也因此得名。

巴哈拉赫
1864 年 9 月 1 日

它们千疮百孔、几近垮塌。紧靠围墙的房屋凿有窗洞和长廊，往前至山脚下又是一组颇有趣味的混合建筑群，那玲珑的小屋，奇特的塔楼，凸凹的外观，怪诞的山墙，而墙上双排楼梯承载的小钟楼，又像冒尖的芦笋穿过每一个梯级，构梁在茅屋上留下柔和的阴影，那涡状的阁楼，镂空的阳台，形似教冕和王冠却依然烟气弥漫的烟囱，还有那怪诞的风信标，俨然不再是风信标，而是古老手稿中的大写字母，用打洞钳在铁板上划割出来，正在风中吱扭作响。在我的头顶上方，一个 R 字母整夜在自报姓名——RRRR。在这种赏心悦目的混搭之中，有一个轮廓曲折的广场，似乎由天上随意落下的房屋构成，它所拥有的港湾、小岛、岸礁和

133

海岬，要比挪威的一个海湾还多。广场的一边，坐落着两组多面体建筑群，那些哥特式房舍层次叠迭、悬垂外挂、攀此附彼，恣肆地屹立在那里，藐视着所有的几何原理和物理平衡。广场的另一边，是一座美丽而少见的古罗马教堂，正面有一扇带菱形图案的大门，顶上高高地竖着一座军事化钟楼，后殿旁边设有一个画廊，其拱门缘饰的小圆柱均为黑色大理石材质，到处都嵌有文艺复兴时期的微型墓室，宛若宝石刻成的圣骨盒。在这座拜占庭教堂的上面，半山腰处另一座教堂已成废墟，教堂建于十五世纪，由红砂岩砌成，虽已没有大门、屋顶和彩色玻璃窗，但那壮丽的骨架在天边依然气象恢宏。最后，在山巅之上，这残垣断壁已被一座古堡的常春藤覆盖，这正是斯塔莱克古堡，曾为十二世纪行宫伯爵的宅邸。这一切正是巴哈拉赫。

在这个魅力十足的城镇，流传着众多故事和传说，而当地居民更是别具一格，不论长者与青年，不论男孩与老伯，不论甲状腺肿大的老妇还是美丽的少女，每个人在他们的目光中，在他们的外形和举止上，都有一种十三世纪无言的风韵。[……]

当太阳驱散乌云，并在云间露出笑脸，没有什么地方比巴哈拉赫更加迷人。那所有破败和愠怒的外立面都舒展开来，展露笑颜。小塔楼和风信标的阴影则勾勒出成百上千个奇怪的线条。[……]

《莱茵河,致友人书》[第20封]

宾根,1842年8月27日 [弗斯滕堡]

[……]日暮时分,我心里只有一个念头。我知道在抵达宾根之前,在纳厄河还未汇入莱茵河时,我会看到一栋奇特的建筑,那是坐落在河洲芦苇丛中的一座恐怖房舍,此处河水正好流经两座高山之间。这间房舍,正是老鼠塔。

[……]在我的脚下,莱茵河流入荆棘丛变得湍急,粗厉地呜咽着,像在逃离一道丧气的关隘;在我的左右,那些山丘或宁可说昏暗的高大土堆,其峰峦隐没在乌云里,阴郁的天空只有零星几颗星星;地平线尽头,则是无边的幽幕;远处河流的中央,平缓死寂的水面泛着油光,一座黑色塔楼耸立其中,形状着实可怖,塔顶上方一抹浅红的云彩又以奇特的方式涌动着。这亮光似火红风窗的反光,又似火炉冒出的水汽,在山峦上投射出一缕苍白的光线,凸显出河右岸半山腰犹如鬼窟的一片凄凉废墟,并神奇地映射在我眼前的水面之上。

你尽力去想象一下,那种由微光与黑暗朦胧地勾勒出的不祥之景。

此外,在这孤寂之中,既无人声,也无鸟啼,只有冰冷而忧郁的寂静,不时被莱茵河愤怒而单调的呜咽惊扰。

老鼠塔尽收眼底。

我并未将其想象得更加恐怖。一切的确如此！那黑夜、乌云、山峦、摇曳的芦苇，河流的声响充斥的隐秘恐惧仿佛水下潜藏蛇妖的嘶吼，那清风的哀鸣、暗影、荒芜与孤寂，直达塔楼上高炉的水汽以及哈图[1]的灵魂。

于是，我怀着自己的梦，但它依然是个梦！

当时，我忽然萌生一个世上最单纯的想法，让我不禁感到一阵眩晕：我此时此刻就要去造访这栋陋厦，这既不是等到明天，也不是等到天亮。鬼魅在我眼前浮现，在这幽深的夜晚，大主教的阴魂站在莱茵河面；这正是参观老鼠塔的时刻。

但如何行事？去哪找船只？在这个钟点？在这种地方？倘若要游过莱茵河，这种对鬼怪的兴致显然有些过头。另外，我果真是个游泳好手吗？又非傻到这个地步吗？也正是从这个地方，从老鼠塔下水游上几下之后，就会遇上最让人生畏的深渊——宾根漩涡，它在过去吞没那些渔船犹如鲨鱼吞一条鲱鱼，而且对这个漩涡来说，游泳的人不过一条小鱼而已。我顿时感觉甚为难堪。

在缓慢向废墟靠近的时候，我想起银钟的叮当和费尔米歇城堡主塔的幽灵，也无从阻碍葡萄枝蔓和葡萄支架占领山冈并攀爬残垣断壁，而且我由此认为与漩涡相邻也让河流游鱼繁多，可能我还会在塔楼附近的水岸遇见一个渔夫的小屋。当葡萄园主不惧费尔肯斯坦和他的"老鼠"，渔夫们或许可以直面哈图与老鼠。

我并未弄错方向。然而，我走了许久却一无所见。我来到离废墟最近的岸头，向前一直来到纳厄河的汇入口，而且我开始不再期望船夫的出现。当我下行走到岸边的柳树时，我看见之前向你说过的一张巨大的蛛网。离蛛网几步之远，泊着一艘小船，里面躺着一个男人，蜷缩在被单下。我来到小船边，叫醒这个男人，我把塔楼指给他看，他不明白我的意思；我拿出一枚萨克逊银币，价值2.42荷兰

---

[1] 哈图（Hatto, ?—970），德国美因茨大主教（968—970），据说老鼠塔前身于10世纪由他主持建造。

莱茵河流经宾根

盾或六法郎，他反而明白了我的意思。几分钟之后，我俩一言未发，像两个幽灵一样朝老鼠塔划去。

船划到河中央，在我们靠近塔楼时，它似乎不仅没有变大，反而在逐渐缩小；正是莱茵河的雄伟让塔楼显得渺小而已，这种效果也并未持续多久。由于我是从比老鼠塔更高的岸点登舟，然后顺莱茵河而下，故而前进十分迅捷。[……]

我双眼紧盯着塔楼，塔顶始终透出微光，现在塔楼显得伟岸起来，而且随着船桨的划动，竟让我莫名心生畏惧。突然之间，我感到脚下的小船猛然坠沉，仿佛水面开裂一般，颠簸之下我的手杖也滚到脚边。我看了同伴一眼，他看着我笑了起来，似乎从老鼠塔神秘的混响中得到启发，然后他面带些许惊悚对我说："宾

老鼠塔，1840年9月27日三点半

根漩涡。"我们正处在深渊的边缘。

小船在转向。那人顿时起身，一手抓铁钩，另一手抓绳索，将铁钩抛在浪里，以全身的气力拄住并顺着船壳板前行。在他前行过程中，船的底舱刮到水下的岩石顶上，发出咯吱的声响。

这轻巧的动作完成得如此简单，其敏捷真是不可思议，冷静得更让人惊叹不已，而男子一言未发。

霎时，他从水中拽出铁钩，拿起来水平往后一摆，顺势又将绳索一端掷出船外。小船戛然而止，我们旋即靠岸。

我抬头看。手枪半射程之外，在人立于河岸时看不见的一座小岛上，屹立着老鼠塔，它阴森宏伟，让人生畏，塔顶犬牙交错，基地侵蚀甚为严重，仿佛传说中那些可怕的老鼠已经啃噬到了岩石层。

眼前的微光已经不再是微光，而是一片耀眼而肆虐的红光，它朝远方射出光芒直达群山，这光从路边各种缝隙和窗孔中透射出来，犹如从一盏巨型灯笼的孔洞中散发的亮光。我似乎从这座死亡建筑内听到一种奇怪的声音，它尖厉而持久，犹如咯吱咯吱的声音。

我登上河岸，示意船夫等我，然后径直朝陋厦走去。

最后，我来到陋厦。这正是哈图的塔楼，这正是老鼠塔，也即毛瑟姆。它就立在我的眼前，离我仅几步之遥，我马上就要步入其中——进入一场噩梦，在噩梦之中漫步，触摸噩梦的石块，拔起噩梦的青草，双脚被噩梦的露水打湿。正是在那里，顿生一种超然之感。在与我相迎的塔楼正面，凿有一个小门洞，以及四个大小不等、灯火通明的窗户，其中第一层有两个，第二层一个，第三层还有一个。在底层窗户下面与人齐高的地方，敞着一扇又高又宽的大门，这扇立在地上的厚重木门分为三栏。这扇门比窗户透出的光线更亮，潦草地装上了橡木门扇，河面疾风吹过便顺着合页咯吱作响。我朝这扇大门走去，嶙峋的岩石间荆棘密布，因此我步伐非常缓慢，我不知道是什么又圆又黑的东西从身边跑过，几乎从我的两脚间过去，我似乎看到一只硕鼠已窜入芦苇丛中。

我始终听到咯吱的声响。我继续前行，几步之后，便来到门前。

那位恶毒的主教命令设计师修建的这扇门离地有几尺高，或许造这道门槛是用来作为鼠障。过去这扇门曾是塔楼下层房间的入口，现在这座破塔既无下层房间，也无上层房间。所有的楼层都陷在一起，所有的楼顶都已坍塌，而老鼠塔由此成为一个四面立有高墙的大厅，地上全是残垣断壁，头顶是天上的乌云。

不过，我试着将目光移向大厅，里面发出一种奇怪的声响，并射出奇异的光线。以下是我亲眼所见：正对大门的方向有两个男人，他们背朝着我。俩人一个蹲着，另一个弯着腰，正在俯身锻制一个类似虎钳的铁件，倘若稍加想象便会将其当作一件刑具。他们赤着脚，光着臂膊，衣衫褴褛，系着齐膝皮护裙，

雾霭中的弗斯滕堡，1840年9月23日

穿着带帽兜的宽大外套。其中一个年长，我看他头发花白；另一个年轻，我看他发色金黄，在陋厦对角的熔炉红光的映衬下，似乎又呈红棕。年长的那位，帽兜像归尔甫派那样斜向右侧，而年轻的那位，帽兜像吉伯林派那样斜向左侧。然而，这既不是归尔甫派，也不是吉伯林派；这既非两个刽子手，亦非魔鬼或者幽灵，而是两位铁匠。火炉正将一根长铁棍烧红，那自然是他们的锻炉。那亮光正是锻炉发出的火光和烟雾，在这忧郁的风景中，它将哈图的灵魂以地狱的火光般映衬得如此怪异。而那咯吱声，正是锉刀的声响。在大门附近一个盛满水的桶边，两把长柄铁锤靠铁砧放着。正是这个铁砧让我先前听了近一个钟头，并让我写下你们正在阅读的这些词句。

《莱茵河,致友人书》[第 28 封]

海德堡,1842 年 10 月

[……]海德堡隐匿在密林之中,正好位于内卡尔山谷的入口,两边绿树葱茏的丘陵比山冈更高,但比大山低些。海德堡有恢宏的遗迹,两座十五世纪的教堂,一座 1595 年修建的美丽古屋,其外表涂成红色,并饰有金色雕像,名为"圣乔治骑士客栈";更有古老的水榭塔楼,一座桥梁,尤其那条河,那条清澈、幽静、荒蛮的河流,里面鳟鱼繁盛,传说流淌不息,峭石森然林立;河浪在暗礁影响之下,形成无数漩涡且潜流涌动。这是一条迷人而湍急的河流,可以肯定地说,汽船永远不会在这里停泊。[……]

光明后的阴影(海德堡的圣乔治骑士客栈)

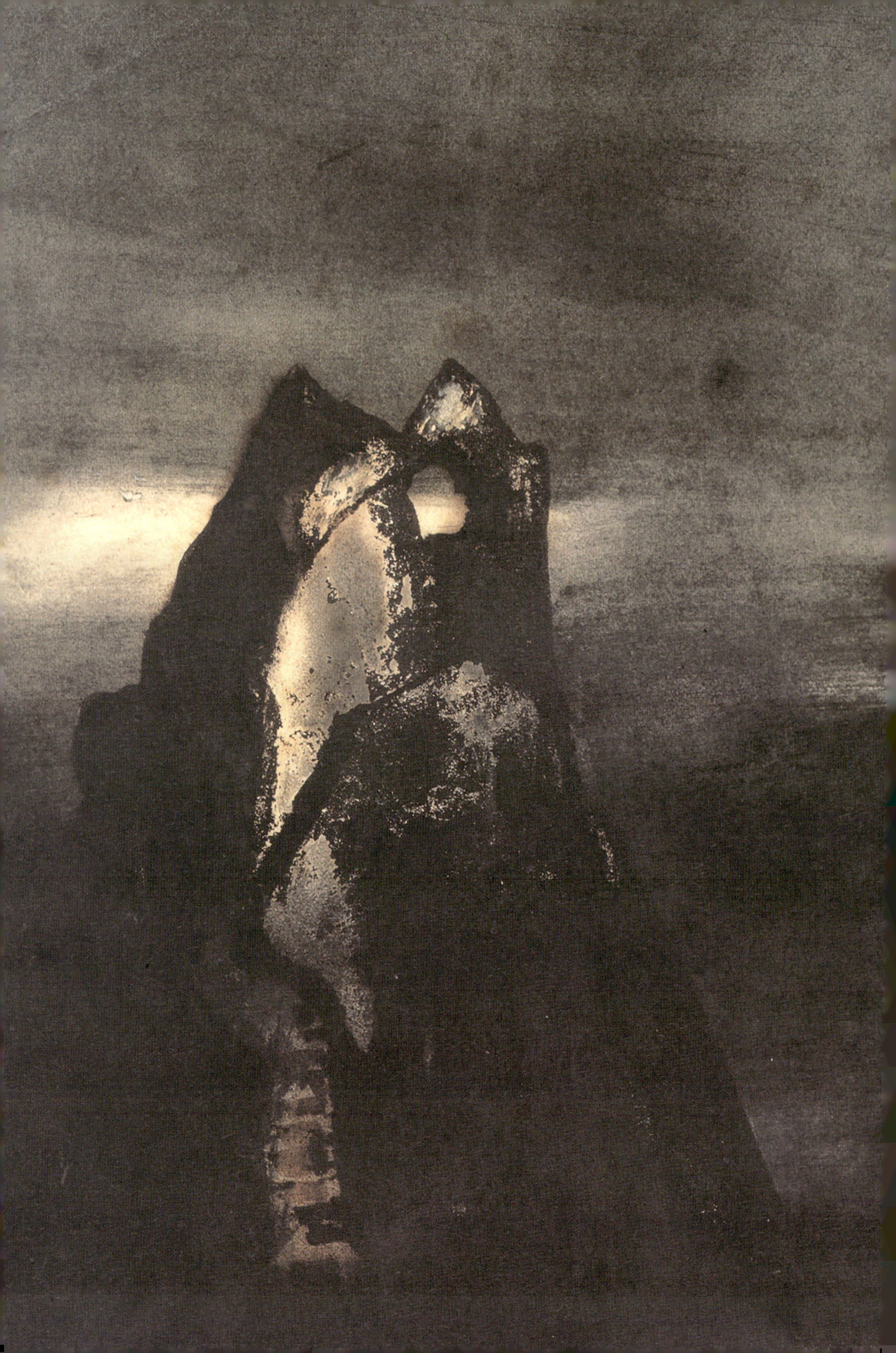

VI

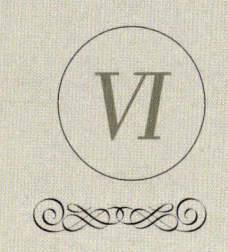

泽西岛

L'île de Jersey…

隐士崖上圣伊丽莎白堡中小教堂的废墟，1855 年 9 月 3 日

泽西岛

1852 年 8 月 15 日

维克多·雨果致鲁瑟奥的信

[……] 我们身处一个美丽的国度，一切都美好而迷人。我们经过一片堆有岩石的树林，一个带篱笆的花园，一片海边的原野。当地居民很欢迎流放之人。隔海那边，便可以望见法国。

这一切又不禁让人怀念王子长廊 11 号。

夏尔将他的花剑忘在安特卫普的鲁本斯宾馆，可能宾馆会派人送到你家里。你能将它们和面具放在一起保存起来，等我们再次相聚的时候，一个流放之人再前来索取吗？

我们在这里身体都很健康，我希望你们同样身体健康。威尔曼女士可能已经和你们相见。我请你向她致以我由衷的祝愿。

接着，我要给亲爱的同僚伊凡写信。他要来泽西岛和我们相聚。我们会一起待上一年，并从那儿一道去马德拉岛或特内利夫。等波拿巴先生倒台之后，我们会一起唱着歌返回法国。请把这个计划告诉他！

明天星期一，我和家人要入住我在海边租的一套小巧别致的房屋。从今以后，我的地址将为：鲁克斯街三号，海景台。不过，倒也无需地址。凡寄到泽西岛的信，我都能收到。

请代我向夫人致以问候，我内心深深地想念你。

海景台

1853 年 10 月 29 日

维克多·雨果致诺埃尔·帕菲特的信

［……］这里秋风猛烈地刮，但没有关系，我们过着平静的生活。天下着雨，大海向着岩石咆哮，狂风像只野兽怒吼，山冈上的树木东倒西歪，世界在我周围狂怒。

泽西岛海景台，1852年—1855年

海景台

1855年1月14日

维克多·雨果致埃米尔·德沙内尔的信

[……]我啊！我已与大海、狂风、广袤的沙滩以及夜空中所有星辰的忧伤为伴。

芒什海峡群岛

泽西岛－奥尔德尼岛－萨克岛，1883

　　芒什群岛是法国散落大海后被英格兰汇集起来的土地。那是一个复杂的民族。泽西人和根西人肯定不是英国人，但他们不知道自己是法国人；即使他们知道，也坚持忘记这个事实。群岛由四座岛屿构成，其中两座大的名为泽西岛和根西岛，两座小的名为奥尔德尼岛和萨克岛，其余还有奥尔塔克岛、卡斯奎茨岛、赫姆岛、杰图岛等零星小岛。在高卢时期，这些岛屿和暗礁统称图岛。比如，奥尔德尼岛上有布赫图，萨克岛上有布雷克图，根西岛有利图和杰图，泽西岛上有埃克图等等。

　　萨克岛有奥尔德尼岛一半大，奥尔德尼岛有根西岛四分之一，根西岛有泽西岛三分之二，而整个泽西岛与伦敦的面积正好相同。不过，法国的面积有两千七百个泽西岛那么大。据杰出农学家查拉辛计算，如果法国像泽西岛那样耕作的话，可以养活两亿七千万居民，相当于欧洲人口总和。这四岛之中最小的萨克岛，其景色最美；最大的泽西岛，最为欢快；根西岛野趣横生，则介于二者之间。萨克岛曾有个银矿，由于产量低下暂停挖掘。泽西岛有五万六千居民，根西岛则有三万，奥尔德尼岛四千五，萨克岛六百，利图岛上一个没有。这些岛屿之间，从奥尔德尼岛到根西岛，再从根西岛到泽西岛，约有七古里。根西岛与赫姆岛之间的海峡称为小峡，而赫姆岛与萨克岛之间的称为大峡。我们不得不说，海峡群岛的暴风雨十分猛烈。群岛可谓是风的国度。每个岛之间，都有条风道。这对大海来说很糟，但对陆地来说不错。风带走了瘴气，却带来了海难。这种法则对海峡群岛如此，对其他群岛亦是如此。过去，霍乱被刮到泽西岛和根西岛。在中世纪，根西岛上霍乱盛行，当地长官居然焚烧档案来消除瘟疫。在法国，人们将这些岛称为"英国岛"，在英格兰则称为"诺曼底岛"。一条罗马时期的航道依然可见，从库唐斯直达泽西岛。据人们说，正是在公元709年，海洋将泽西岛与法国分割开来，十二个教区就此被海水吞没。当前，在诺曼底生活的有些家族依然具有这些教区的领主权，不过他们的神圣权利位于水底，这确实属于神权。

泽西岛的防波堤，1852 年—1855 年

根西岛萨莱亚的咖啡馆,1865 年 3 月 16 日

VII

根西岛

L'île de Guernesey...

根西岛

1855年11月1日,下午3点

维克多·雨果致埃米尔·德沙内尔的信

亲爱的朋友,我们已经下船,也没少经历颠簸。此前,大海汹涌,狂风肆虐,雨水冰冷,迷雾幽深。现在,泽西岛连乌云也看不见,早已没了踪影,天边一片空廓。我似乎处于一种悬置状态,只有当你们都来到这儿之后,生活才会重新开始。

对我的接待甚好。一群人立在码头,虽然一片寂静,但至少表面上表示同情;当我走过的时候,所有人都脱帽致敬。

我在给你写信时,眼前是一幅壮观的景色。即便雨雾弥漫,根西岛之行实在难忘,维克多已是满怀欣喜。这个真正的诺曼底老港还尚未英国化。

1855年11月25日

> 阿黛尔·雨果致保罗·默里斯[1]夫人的信

[……]我们的房屋很美,下面是茫茫大海。房屋位于城里,透过窗户我们可以看到芒什海峡的所有小岛和附近的海港。这是一幅壮丽的景色。月夜之下,如梦似幻。这简直是一座花园,鲜花倒不算是理由。我们虽有一个暖房,却无法与这个花园媲美。采花得四处寻找,权当住这儿的消遣而已。此外,这个暖房十分宽敞,里面有几处花架和不少葡萄藤。屋里有间很大的客厅,带三扇内开窗和一个阳台。我们就住在这样的地方。

这座法式小镇是一座古老的诺曼底城市,布局迂回,路带陡坡,街巷纵横。这里的人口比泽西岛少很多,却更为集中;因为这个缘故,人口流动要比泽西岛更频繁。

1855年11月27日

> 维克多·雨果致海泽尔[2]的信

[……]我们在根西岛怎么样?老天!来看我们吧!我住在城里的高处,居所犹如一个鸟巢。透过窗户,芒什群岛尽收眼底。我看到法兰西,在那我曾遭驱逐,还看到泽西岛,在那又被赶走。当你来的时候,我该看到布鲁塞尔,自己从那又被撵跑。那时,我就会功告圆满。不开玩笑了,你来吧!高城居[3]的所有人都会张开双臂欢迎你,我们可以谈论时政、诗歌、小说、戏剧等。[……]

---

1 保罗·默里斯(Paul Meurice,1818—1905),雨果的生前好友,于1902年提议将雨果位于巴黎孚日广场的住所改建为雨果故居博物馆。
2 海泽尔(Pierre-Jules Hetzel,1814—1886),法国出版商,雨果的作品多由他发行。
3 高城居(Hautevillee-House),雨果1856年在远离法国本土的根西岛买下的居所。

EXIL

《流亡》，根西岛，1858 年

ANCIEN St SAMPSON

圣桑普森老区，1866 年

芒什海峡群岛

根西岛 1883 年

南边花岗岩，北边黄沙滩；这儿是峭壁，那里是沙丘。看似一片草原，却丘冈此起彼伏，岩石高低突兀；在这块皱褶的绿毯上，海洋的泡沫是那流苏；沿着海岸线，横着与地面齐平的炮台；远处偶尔屹立着布满枪眼的塔楼；海滩低处有一道宏伟的胸墙，上面设有雉堞和梯级，遭受着风沙和海浪的侵袭，可谓让人生畏的包围圈；一些风车的叶轮已被狂风折断，但在瓦勒、国王镇、圣皮埃尔港、托尔特瓦等地，风车依然在转；悬崖边上，到处是锚地；沙丘之上，到处是畜群、牧羊犬和赶牛犬，有的追击猎物，有的正在工作；城里商贩的轻便马车在坑坑洼洼的路上飞驰；不时可见的黑色房屋，竟是为了防雨在西墙上涂了柏油；公鸡、母鸡、粪堆，到处高墙林立；昔日的船埠已不幸遭到毁坏，却因那些突兀的框架、巨大的桩柱与粗重的铰链而显出恢宏的模样；举目可见乔木包围的农庄、花岗岩陋室、简易防空洞以及貌似圆球的小屋；偶尔在荒芜的郊野，伫立着一栋新楼，上面挂着一口钟，那是一所学校；在草场深处，流淌着两三条溪水；另有榆树和橡树，还有一支貌似百合的花朵，那是根西岛百合；农忙季节，八马联驾犁地；在房舍前面，用石头砌成的圈内堆着草垛；带刺的荆豆茂密成簇，四处可见古老的法式花园，里面有修剪过的紫杉、造型各异的黄杨和石头花瓶,并与果园和菜园混在一起;农夫篱栏内的野花,土豆地里的杜鹃花;芳草之上到处点缀着棕色的海藻;墓地里没有十字架,而是月光下形似玉女的石碑;十座钟楼矗立在地平线上;古老的教堂,全新的教义,天主教堂内举行着新教仪式;在沙滩和海角,凯尔特不解之谜以各种形式散布开来,那石柱、石桩、长石、仙女石、摇石、振石、坑道、石圈、石桌坟与石祭台,留下所有的踪迹;祭司之后是神父,神父之后是教长;那是天空塌陷的记忆;一边是魔鬼,身居米开朗基罗的城堡,另一边是伊卡洛斯[1],身处迪卡特海角;不论冬夏,鲜花一样繁盛。这正是根西岛。

---

[1] 伊卡洛斯(Icare),希腊神话中代达罗斯(Daedalus)之子,与其父用蜡粘羽翼逃离克里特岛时,因飞得太高,双翼上的蜡遭太阳融化跌落水中丧生。

头盔灯塔
1866年

根西岛（续）

1883 年

　　这里土地肥沃，为胶质土壤。世间绝无更好的牧场，当地盛产小麦，奶牛俊美。圣皮埃尔森林草甸上的牝犊与孔福朗高地的头等绵羊同样俊秀。法英两国的农业促进，对根西岛畦田与草原的特产更是推崇备至。这里的农业由良好的道路体系保证，而完善的交通网又让整个岛屿一派生机。在两条路的交叉口，地上有一块石板，上面刻着十字。根西岛最早的行政官于1824年任职，此人名为高提耶·德拉萨，是第一个因司法不公而被绞死的长官。这个十字架人称行政官十字架，标示了他最后下跪和祈祷的地点。海水在港湾处因固定锚而生动，那些粗大的圆锥体被涂得五颜六色，主要为红白两色，中间呈黑与黄，又杂有绿、蓝、橙，色彩斑斓，纹理交错，映在水面随波浮动。在不远处，可以听到纤队拉船时单调的吆喝。和那些渔夫一样，他们都显出一副自得其乐的神态。当地土壤富含岩质，物产甚为丰富；由沙泥和海藻堆成的肥料提高了土质盐分，带来无尽的活力，又创造出诸多奇迹；玉兰、香桃木、瑞香、夹竹桃、蓝色绣球，而倒挂金钟更是比比皆是；有三叶马鞭草游廊，更有天竺葵花墙；橙子和柠檬压弯了枝头；葡萄略不尽人意，只有在温室才可成熟，不过品质上乘；山茶长势胜似树木；在花园之中，四处可见开花的芦荟与房屋齐高，没有比这更为富足而豪放的花卉可将别墅和村舍外墙装扮成这幅景象。根西岛一边景色优美,另一边却可怕至极,荒无人烟,海风肆虐。那儿,四处是防波堤、阵风、浅水湾、修补的船只、休耕地、旷野、陋屋,偶尔一座低矮的村庄在风中颤抖,还有零星的畜群,草茎虽短盐分却高,一派赤贫的样子。

利图岛是附近的一座小岛,荒无人烟,退潮时方可登岸。岛上四处是荆棘和洞穴。利图岛上的兔子知道钟点,它们只在涨潮时出洞,丝毫不惧人。海洋将它们隔离,它们友好相处,生息繁衍。

如果人们在瓦松湾挖掘冲积层,就会从中找到树木的残骸。这片神秘的沙滩下面,过去曾是一片森林。

当地的渔民生活在西陲,饱受狂风的侵袭,他们可谓出色的引水员。芒什群岛的海洋极具独特。附近的康卡尔湾可谓世界的尽头,那里的潮汐带中灰泥尤多。

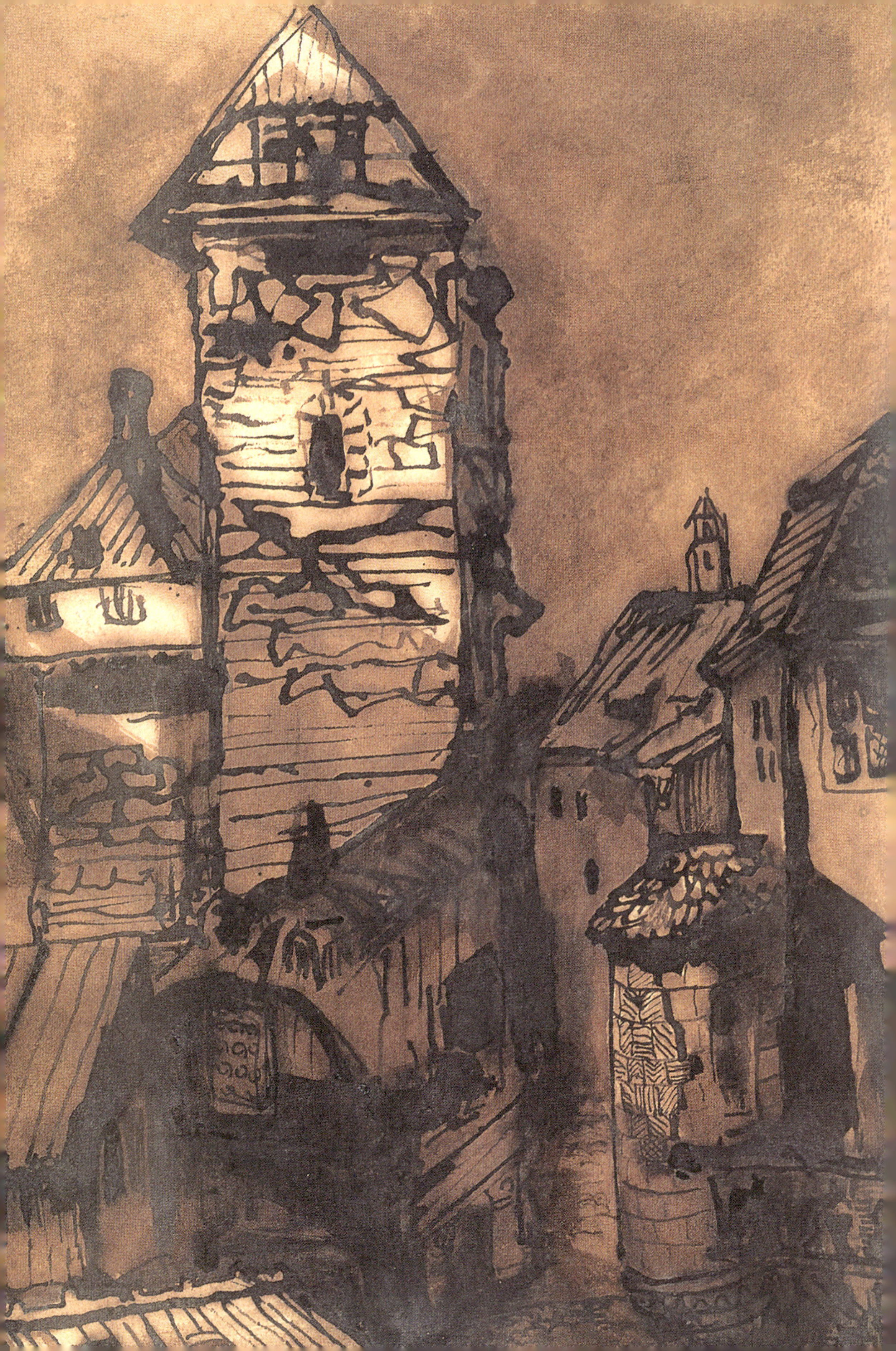

VIII

瑞士

La Suisse…

弗劳恩费尔德，1869 年 9 月

旅行笔记
1869 年

9 月 21 日 ──────

我雇了辆马车，得几天时间才能把我们从伯尔尼运到巴塞尔，途中经过卢塞恩和康斯坦茨。车为双马并驾，费用行进的话，每天算二十五法郎，而停歇的话，每天算二十法郎，其余开支都包括在内。

我们下午一点出发，天气晴朗。在这次绝妙的旅行途中，经过很多结构庞大、线条明朗、色彩艳丽的高山别墅。人们说这是宫殿式村庄。峡谷底部有一条湍急的河流。没过多久，遇到几座古老的廊桥。阿尔卑斯山脉在伯尔尼界内峰峦叠嶂，远处的少女峰与天一色。房舍精致而整洁，粪肥堆成圆形，犹如女人的发髻。

9 月 21 日 ──────

我们十一点出发去卢塞恩。雨雾漫天。我们下午四点抵达卢塞恩后，下榻至施温森霍夫客栈。

9 月 22 日 ──────

昨夜，维克多和我，我们一起在城里散步。我又去重览那两座带彩色三角楣的古旧廊桥。1839 年，我曾参观过这两座桥，当时住在天鹅湖旁边，正是在那儿我给我深爱的迪迪娜寄过画作。今天，我们三个人又重温了那段路。

我们下午三点去乘火车。天晴，阵雨。[……]

十二点半，我们出发去苏黎世。天气晴朗。在下阿尔比斯山时放眼望去，夕阳下的湖面极为壮丽。

下午五点，我们到达苏黎世，下榻湖边的博尔酒店。晚饭前，我们在城里逛了一会儿，发现市容极其丑陋。夕阳西沉，映照着雪山。

傍晚，我们到处漫步。湖面上升起的月亮美丽而忧伤，映照着苏黎世的万千灯火。

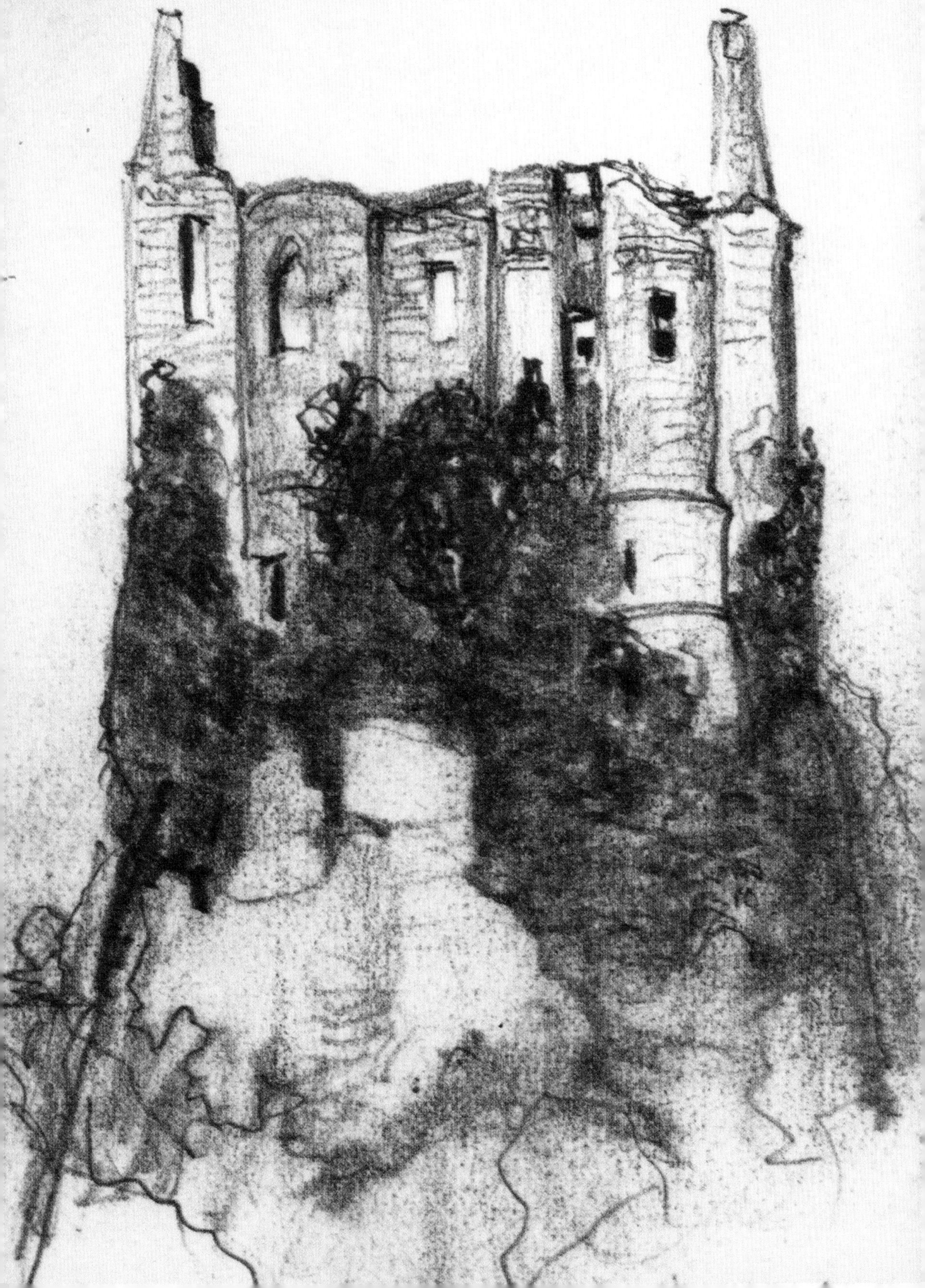

IX

卢森堡

Le Luxembourg…

拉罗谢特,1863 年 8 月 23 日

旅行笔记
1871 年 7 月 16 日

到拉罗谢特短途旅行。

早上十点半,我们就已出发 [……] 下午两点,我们到达拉罗谢特。勇敢的卡纳夫派人在大厅给我们准备了午餐,大厅是古堡没有屋顶的主塔。我又动容地重新参观了那里的一切,水井、塔楼和小教堂。我的夏尔,这是我第一次和你参观那里。

[……] 拜访卢森堡地区的卫兵队长,他向我引荐自己的儿子,后者在普鲁士军队服役。

我画了那座废墟。下午五点,我们重新出发。[……]

我们计划明天去贝尔福特。

拉罗谢特的回忆
1871 年 7 月 17 日

Burscheid 17 Juillet 1871

布尔沙伊德的回忆，1871 年 7 月 17 日

Vianden. La maison que j'habite au coin du pont. 28 juillet.

旅行笔记

1871年7月17日

[……]到布尔沙伊德短途旅行。我们乘上昨天的马车,在中午十二点半出发。这次,我们不是像1865年那样途经勃兰登堡,而是经过迪基希走了北路。从周围的高山上,看到废墟让人叫绝。下午四点半,行至山下的村庄后,我们喝了啤酒和牛奶,接着徒步走到那片废墟。这是一座荒蛮的堡垒。十一世纪的所有魔鬼如今都出自这些塔楼当中。1865年,我画入口处塔楼时,那儿有两位女性,母女二人逃难至此,像两只白尾海雕。那座堡垒依然可怖,两位女性早已不见踪影。守门人拿来一本书,我在保罗·默里斯和维克多的旁边写上我的姓名。

晚上九点半,我们从那儿返回。[……]

维安登,我在桥头所住的房舍,1871年7月28日
月光下的维安登,1871年6月—8月

维安登，1871年8月7日

旅行笔记
1871年8月10日

[……]山中短途旅行……车为双马并驾。返回高原后，我们可以看到费尔肯斯坦。面对眼前的美景，我绘了一幅草图。我们来到邻近的高地，从那可以看到维安登。我们信步前行，一直走到悬崖边上。多么壮丽的景色，再没有什么比这更为壮丽！这片辽阔高原上的庞大废墟，这层峦叠嶂上的城堡，显得既忧郁又充满野性。再往前走一步，我看到谷底的城市和河流，景色倒是甚为绚丽，虽说少了几分雄伟。那里不再荒凉，有人影出现。在这，包罗万象的上帝似乎消失了身形。[……]

旅行笔记
1871 年 9 月 13 日

　　早上十点半，我们乘坐马车向申根进发，杜塞女士随行但没带孩子，那儿离科拉尔城堡所在的谢尔克很近。中午十二点半，我们抵达城堡。这是一个温馨的家庭，丈夫依然年轻，妻子年轻而美丽，俩人育有六个子女。宾客之中，有一位荷兰军官在普鲁士服役。他谈起法国时，羡慕之情无以言表，这让我可以尽情享用午餐。午饭过后，男女宾客前去摩泽尔河[1]上划船，我便画了那栋旧塔楼，它确实非常少见，也非常漂亮。塔楼建于十三世纪，楼体一半已被常春藤覆盖。看到我的草图，科拉尔夫人对我说："我愿意用塔楼换这幅画。"于是，我许诺送她一幅草图。

1　摩泽尔河（Moselle），莱茵河在德国境内第二大支流。

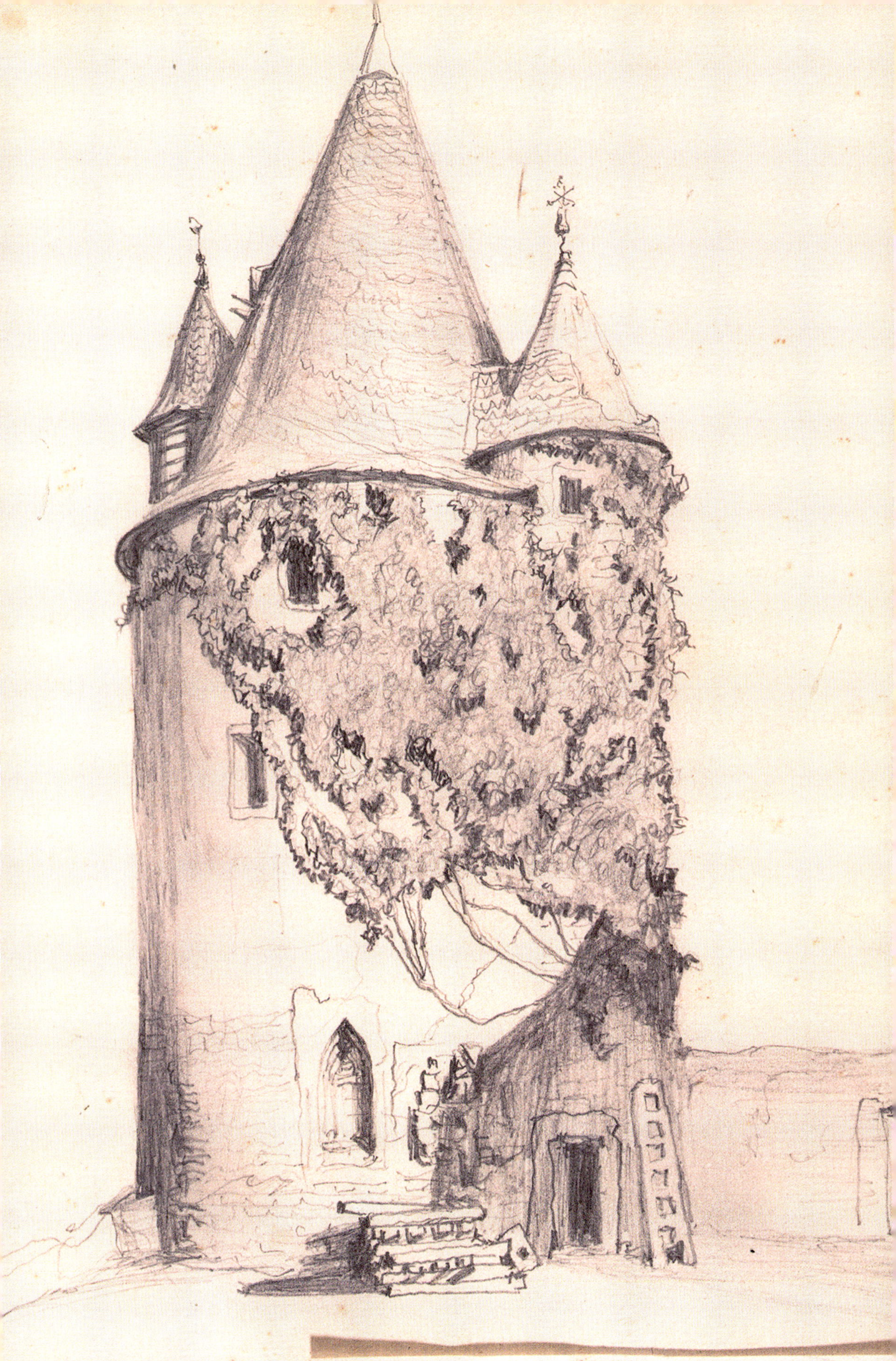

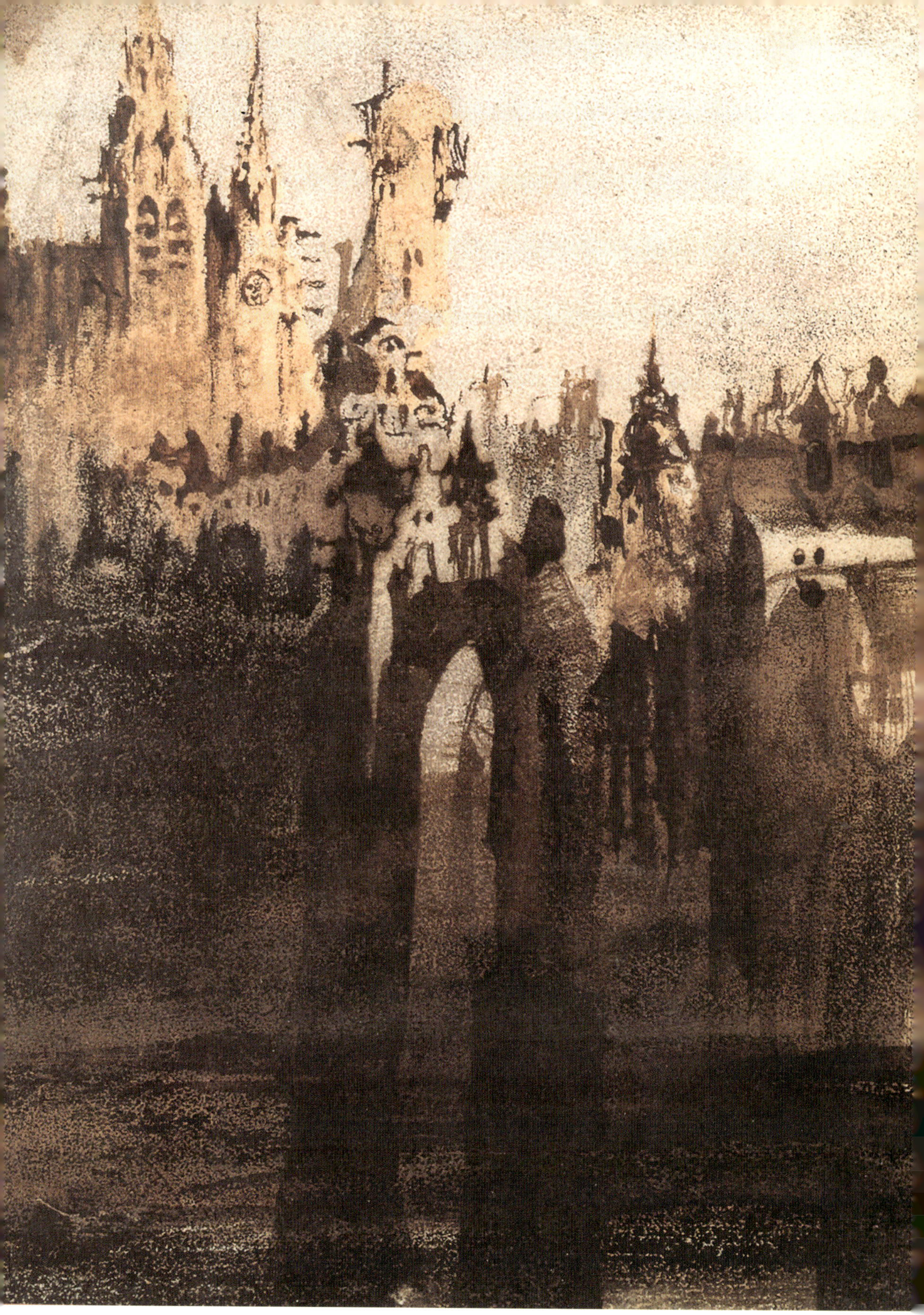

断桥城市,1847年

Victor Hugo
RECITS ET DESSINS DE VOYAGE
2022 SHANGHAI TRANSLATION PUBLISHING HOUSE (STPH)
All rights reserved.

图书在版编目（CIP）数据

雨果旅行画记 /（法）维克多·雨果著；陆泉枝译
. -- 上海：上海译文出版社，2022.12
ISBN 978-7-5327-8908-5

I. ①雨… II. ①维… ②陆… III. ①游记 – 作品集
– 法国 – 近代 IV. ① I565.64
中国版本图书馆 CIP 数据核字 (2022) 第 216321 号

雨果旅行画记

[法] 维克多·雨果 著　　陆泉枝 译

责任编辑：黄雅琴
装帧设计：胡枫

上海译文出版社有限公司出版、发行
网址：www.yiwen.com.cn
201101 上海市闵行区号景路 159 号 B 座
苏州市越洋印刷有限公司印制

开本 787×1092 1/16 印张 12 插页 4 字数 100,000
2022 年 12 月第 1 版 2022 年 12 月第 1 次印刷
印数：0,001—6,000 册

ISBN 978-7-5327-8908-5 / I · 5510
定价：98.00 元

本书中文简体字专有出版权归本社独家所有，非经本社同意不得转载、摘编或复制
如有质量问题，请与承印厂质量科联系 T：0512-68180628